我用尽一生只为遇见你

刘苏 著

花城出版社
中国·广州

图书在版编目（CIP）数据

我用尽一生只为遇见你 / 刘苏著. — 广州：花城出版社，2023.5
ISBN 978-7-5360-9855-8

Ⅰ.①我… Ⅱ.①刘… Ⅲ.①长篇小说－中国－当代 Ⅳ.①I247.5

中国国家版本馆CIP数据核字(2023)第060938号

出版人：张 懿
责任编辑：钟毓斐
责任校对：李道学
技术编辑：凌春梅
封面设计：苒飞
封面插画：杜 凡

书　　名	我用尽一生只为遇见你
	WO YONGJIN YISHENG ZHIWEI YUJIAN NI
出版发行	花城出版社
	（广州市环市东路水荫路11号）
经　　销	全国新华书店
印　　刷	广东鹏腾宇文化创新有限公司
	（广东省珠海市高新区唐家湾镇科技九路88号10栋）
开　　本	880毫米×1230毫米 32开
印　　张	8.25　1插页
字　　数	167,000字
版　　次	2023年5月第1版　2023年5月第1次印刷
定　　价	39.80元

如发现印装质量问题，请直接与印刷厂联系调换。
购书热线：020-37604658　37602954
花城出版社网站：http://www.fcph.com.cn

目录

序　言　答案在风中飘扬 / 001

第一章　念你千万遍 / 005

第二章　还没开始就结束了 / 026

第三章　世界再大，大不过人心 / 052

第四章　独自等待 / 068

第五章　过去过得去吗 / 094

第六章　被社会上了一课 / 132

第七章　我想要的是一场爱情 / 159

第八章　人生是没有捷径的苦旅 / 191

第九章　我终于失去了你 / 220

第十章　这辈子最长眼的事，没有之一 / 240

序　言　答案在风中飘扬

丹飞

刘苏的文学生涯刚起步时，我便参与其中。迄今他出版的长篇小说《X样年华》《职场秀》，及这部《我用尽一生只为遇见你》都经我之手策划出版。他待出版的其他长篇小说《再不青春就晚了》《微尘记》和故事集《后来我爱的人都像你》自创意之初就参考了我的意见。当然，所有书名也都出自我这个"起名帝"——书名不是空穴来风，凭仗的无非是作者写下的数十万言的文本气质和个性，尤其是其创造的形形色色的人物的命运走向。或者说，书名已经呼之欲出，我只不过是探囊取物，摘果子一样从含而不露的文本中将熟得刚刚好的那枚果子摘了下来。

除了《微尘记》是年代题材，刘苏其他所有作品只有一个主题——青春。如果要把这个主题分说完整，就是刘苏笔下，角色或有不同出身和起点，却都在各自的人生故事里摸爬滚打，跌跌撞撞。谁都是第一次经历人生，谁都是第一次坠入青春，青春需要摔的跤、人生需要踩的坑也许各有不同,但总是无人幸免。跌跌踩坑对于不同个体产生的反作用力可能天差地别,有人从此陷身泥淖,有人躺平,有人挣扎后妥协,更多的人屡败屡战,走出生天。

"我用尽一生只为遇见你"既是本书书名,也是本书中肖遥、高菡、温暖、夏天、叶子、苏哲、林晓月等角色的人生态度,和对刘苏创作理路与写作风格的总的概括。本书每一个字都是深情,每个人都满怀深情,纵然时有摇摆,却都在认真活着,认真对待每一份情感,都想找到属于自己的那一份真感情。每个人都想找到那个人,不一定严重到要"以命相抵",但一定是"用尽一生只为遇见你"。现实中何尝不是如此,哪怕最滥情的人,最初也是怀着一生一世一双人的念想,只是因为命运弄人,摇摇摆摆,慢慢走偏了。因此,认真说来,刘苏及其笔下人物一以贯之的这股傻劲、韧劲,对人生不妥协、不苟且、认真、较真、坚持的心劲特别动人,是能够打动每一个人,走进每一个人的内心的。

这部小说人物生动,情节丰富,语言富有朝气,整体感特别强,整个来讲很浑圆。肖遥等人物身上的俏皮、故意装出的浑不吝,实际上是一种较劲,跟自己较劲,跟命运较劲,跟自己的人生走向较劲。小说着笔的并非大命题,而是由工作、租房、友情、爱情、坚守、背叛、算计等方方面面串起的生存小命题。人生面对的哪有那么多大命题,我们每个人日常面对的往往都是这些看似微不足道实则可能大过天的小命题,一个人面对小的命题如何选择，实际上决定了这个人的心性如何，决定了这个人的脊梁骨是怎么长的。本书还写出了另一种事实：没有谁先知先觉全知全能——肖遥在遇到温暖的时候，以为温暖会是他的一生所系；遇到夏天，他以为非她莫娶，可以执手终老；遇到高菌，他的情感似是而非似非而是，没想到最后会走到一起。与小说中人一样，现实人生的选择和走向往往无法事先预设，都是走一步看一步，走三步看两步。

这是一本问题之书，刘苏用他笔下的人物做出了各自的回答。这些回答一定不是标准答案，但却是各个角色的唯一解。有缘捧书在手的你，你的答案之书在哪里？不在别处，就在你心里，在你的现实人生里。

人生海海，世事纷纷，问题比办法多还是办法比问题多？答案在风中飘扬。风会停，风也会再起。

第一章　念你千万遍

1

十六岁那年,我喜欢上了暖暖,至今我都极力回想,为何会喜欢?是某个瞬间,某一句话,还是某一次的眼神交汇?都不是,不过关于她的谣言,却让我记忆犹新。

那是一个平淡无奇的下午,我和苏哲在楼道的拐角处,遇见了迎面走来的暖暖。苏哲盯完前面,瞅后面,咂巴着嘴评价说:"胸大屁股圆,果然很风骚。"

前面是褒义句,加上最后两个字就成了令人想入非非的贬义词,于是我也回瞄一眼。这是我第一次见到暖暖,说真的,除了一张纯洁的脸,没有找到任何不纯洁的特点。

我问:"为什么会风骚?"

苏哲说:"别人都这么说。"

我问:"别人为什么都这么说?"

苏哲说:"你不懂,你不懂。"

事情往往在三人成虎之后，如同生米煮成了熟饭，都在饥不择食地跟风相信，我却半信半疑。苏哲为了让我相信，决定亲自上阵，验明正身的同时，并让我学习学习。苏哲摘抄了周杰伦一整张专辑的歌词，凑成了一封千字情书，结果在众目睽睽之下，被暖暖头也不抬地当场拒收。

苏哲问我："懂了吗？"

我说："懂了，都是谣传。"

苏哲随手把情书的抬头一改，转手送给了暖暖的同班女生林晓月。又问我："学会了吗？"

我摇了摇头。

这种资源重复利用，且不要脸的做法，我真学不会。不过从小我就坚信苏哲未来一定是个人才，这次更是坚信不疑。

苏哲四处为暖暖正名："胸大屁股圆，独领风骚。"中华文字博大精深，威力巨大，改了一个词，意思截然不同。不过苏哲的号召力不大，没能引起共鸣。这种反差，却让我对暖暖刮目相看。

人性往往如此，越是出乎意料，就会越发吸引，所以我开始有意无意地对她进行留意。

暖暖全名温暖，一个特立独行的姑娘。

她的独行，只因不是本地人，从外地转学过来，身边缺少朋友，所以很多男生居心不良，想要跟她交友，但是下场都跟苏哲一样惨淡。也有一些男生怕她孤单，经常对她嬉喊："我需要温暖。"暖暖视而不见，甩着马尾辫，桀骜不驯地骑着自行车离开。就像一匹高贵冷艳的骏马，令人不敢轻易近身而上，也显得格外特立。

我想这应该是她"风骚"的出处，因为既然得不到，不如就毁掉。这也是人性。

不知从何时起，我开始情不自禁地在人群中寻找暖暖的身影，她那摇摆不定的马尾辫，总能让我欲罢不能，然后一路骑车默默跟随。也不知从何时起，无论我在哪里，脑海中总会不经意闪现她的模样，当画面消失的瞬间，我会莫名失落。那时，我才恍惚发现，我喜欢上了暖暖。

不过，暗恋属于一个人的事，与暖暖毫无关系。为了发生关系，我试图与她相识。

一次是她的车胎在路上爆了，我一直思忖要不要过去帮忙。最终，不顾而去。一次是下雨天，她走着去学校。我一直纠结要不要主动邀请载她一程，又怕她会拒绝，便一走了之。更可恨的一次，她把书落在了车筐。我明明可以送到班级门口，却还是交给别人代劳。诸如此类，还有几回。我全部败给了自己的软弱和无能，我后悔，我自责，我反思，不过只是反思，始终没有改变。

我学着其他同学，把喜欢的人的名字刻在书桌上。我又不想如此直白，就用圆规在课桌的两头，分别刻下一个"日"，一个"爱"。我以为只有我明白其中含义，当苏哲看到后，用手指敲打着桌面说:"日,爱,谁是爱?还是你想日爱?"

我还没来得及搪塞,苏哲恍然大悟地说:"我去,是暖,温暖的暖,你喜欢温暖,我可太聪明了。"

苏哲的聪明才智,就像一双强而有力的大手,瞬间把我扒光示众,我却只能用腼腆一笑来化解内心的羞涩。

苏哲并没有大肆宣扬,反而邪魅一笑,一脸不怀好意地说道:

"作为兄弟,我来帮你。"

听似雪中送炭,我绞尽脑汁也想不出炭从何来。如果有,他早就留着自己用了。难道帮我写情书?一想到上次苏哲在大庭广众之下自取其辱的画面,我想还是算了吧。

苏哲看出我的疑虑,信誓旦旦地说:

"比写情书高级,真的很高级,放心吧。"

越是让我放心,我越是提心吊胆。虽然我深知苏哲不会害我,但也难说。

几天后,暖暖正好路经我的班级门口,苏哲一把将我推向了暖暖。我毫无防备,暖暖也毫不知情,我俩撞在一起,瞬间四目相对。同时为了避免摔倒,彼此的双手本能地扶向对方,宛如抱在一起。

那一刻,她身上散发出的香味弥漫了我的全世界,让我体会到了从未有过的清新。随之而来的心跳加速和满脸炽热,令我本能地急忙松开,后退两步。周围嘘声四起,我佯装无辜,追着喜笑颜开的苏哲作秀式地拳打脚踢。不过我还是忍俊不禁回头望去，那双熟悉且明亮的眼睛一直停留原地，让我心花怒放，久久不能平息。

2

这一年，我读高一。

在遇到暖暖之前，我的世界没有男女之分，只有男女厕所之分，虽然年少无知之时，也曾光顾过女厕所，可是在情感方面，我毫无经验。

苏哲也没有经验，只有失败的案例，不过他坚信简单粗暴，早晚见效。还游说我故技重施，轮番上演，兴许抱着抱着就抱出了感情。

听着很有道理，也振奋人心，我却不敢恭维。理由是：第一次是无意，第二次就是故意，第三次就成了耍流氓。

苏哲也深知我不具备耍流氓的能力，改口说："那就假装认识，主动搭讪。"

这个办法倒是合情合理，可是我不敢，怕丢人，更怕被暖暖厌恶。我甚至怀疑跟她的两次眼神交集，只不过是巧合而已。

苏哲焦躁地问道："这不行，那不行，到底怎么办？"

我叹息道："还是算了吧。"

苏哲说："这个办法好。"

虽说算了，心有不甘。

很多次我偷偷注视暖暖，多次被她发现，每次四目交汇之际，我便仓皇而逃。我记得英国一位专家说：暗恋的时间最多持续36天。我细数着日子，得出的结论是专家是个骗子。

夜晚躺在床上，听着电台播放的音乐，幻想着暖暖的模样，一切静谧安逸，我想这种暗恋的滋味也挺好，互不干扰。不过当我听到梁咏琪和古巨基合唱的《许愿》里面那句歌词：

"请把我的名字默念一百遍，好梦就会趁你睡醒实现。"

瞬间直抵心灵，醍醐灌顶。第二天我便跑了几家音像店，买到这张专辑。之后每晚躺在床上，戴着耳机循环播放，也按着歌词的教诲，默念暖暖的名字入睡。我渴望好梦在睡醒后就实现，可是日复一日的现实，证明我在病急乱投医。正当我无药可救之时，好梦竟然神奇般地出现了。

那是在一天的中午放学时间，我像往常一样，尾随在暖暖身后，而她在拐进小区之前突然停下，并回头看着我。我急忙躲避她的眼神，像即将被抓现行的流氓，准备逃窜。

暖暖微笑着向我招手说："过来。"

我强装若无其事，心里格外慌乱，问了一句："什么事？"

暖暖看着我，眼神清澈又干净，可是我不忍直视，极力躲避。只听到她说："我很好奇，你为什么总是跟着我？"

我支支吾吾，语无伦次，想要辩解却苍白无力。场面很是尴尬，空气也在凝固，可我心里的炽热却在沸腾，导致脸色骤红。

暖暖抿嘴一笑，说："你不用担心，我知道你没有恶意，我也不是想要为难你，我知道你叫肖遥。"说完伸出右手，示意跟我握手,又说了句:"很高兴认识你。"

出于礼节,我哆哆嗦嗦地跟她发生了第一次的肌肤之亲。她的右手温热,手指软滑细长,令我回味无穷。而我的右手冰凉僵硬,手心渗出汗渍。

这是后来暖暖告诉我的,说我的羞涩,让人心疼。

从那天之后,我和暖暖成了朋友,每天在上学路上不期而遇,然后结伴同行。

说是不期而遇,其实都是我的精心设计。我提前藏匿在暖暖家的小区门口,假装巧遇。为了不让暖暖看穿,有时我会晃晃悠悠抢先离开,每次暖暖都会追上来。有时我会在她身后,故意发出声响,吸引她的注意。每次暖暖回头看到我,便会放慢速度,而我就顺理成章地追上去。

暖暖的主动,让我显得格外被动,不过我很得意。可是在路上遇到同学投来异样眼神的时候,我又会变得战战兢兢,唯恐被声张出去。暖暖总是一脸淡定,从不在意。或许我是心虚,而她就比较坦荡,这是为何?深思之后,我又变得失意。

为了能跟暖暖有共同语言,我也是煞费苦心。《人性的弱点》这本书里讲过,想要讨一个人的欢心,就聊对方感兴趣的话题。可暖暖对什么感兴趣,我还不知道,只能逐一试探。我从时效新闻聊到校园趣事,再调侃老师坏话,最后讲娱乐八卦,无所不用其极。不过每个话题,暖暖仿佛都有兴趣,尤其是聊起爱好和明星的时候,我们聊得格外投机。

暖暖说："我从小喜欢弹琴，钢琴十级。"

我说："我从小就会口技，口哨吹得也很高级。"

暖暖说："我最喜欢的歌手是王菲和蔡依林，很多人都说我长得像王菲。"

我说："我最喜欢周杰伦和谢霆锋，不过没人说我长得像谢霆锋，因为我丑。"

关于我的自嘲，暖暖避而不谈，仿佛是在默认，令我颇为尴尬。而我看了一眼她的侧脸，还真有些王菲的味道，难怪她如此高冷。

暖暖问我："知不知道这四个人的关系？"

我说："王菲和谢霆锋是情侣，蔡依林和周杰伦也是情侣。"

暖暖迟迟不语，片刻之后意味深长地看着我说："好像很有缘噢。"

我不知是否有弦外之音，当场竟然傻了吧唧地说："好像也分手了吧。"

暖暖说："是吗？！"

我隐约看到了她的失落和失望，看来，我把话题聊死了。

我很庆幸生长在华语音乐鼎盛时期，见识过香港四大天王的威力。也看到过谢霆锋横空出世，迷倒万千少男少女。更是在第一时期领略到周杰伦创作出的一首首耳目一新的经典歌曲。

在那段仓皇且酸甜的时光里，我很感谢这些明星，为我提供了诸多跟暖暖聊天的话题和素材，可是我更感谢的还是合唱《许愿》这首歌曲的梁咏琪和古巨基。为了表示谢意，我买来梁咏琪的画报，贴在卧室的墙上，还亲了几口。不过当天就被父母撕了下来，在他们眼中，一切与学习无关的东西都是糟粕。我从不反驳，也从不抵抗，因为我深知反对无效。

我的家庭氛围用一个成语形容，那就是鸡犬不宁。从我有记忆开始，父母总会为了鸡毛蒜皮的琐事，吵得翻天覆地。以前我曾试图阻止，换来的是他们不谋而合的一声怒吼："先管好你的学习！"每天的水深火热，也令我战战兢兢、小心翼翼。

父母用尽半生经验，披沙拣金总结出金句："唯有学习好，才能有出息。"可是父亲为了躲避争吵，每天晚饭后都去邻居家打牌，一打就打到下半夜。母亲则是走街串巷去聊家长里短，乐此不疲。关于我的学习，多半是交由我个人处理。

结果每次成绩出来，父母都会声嘶力竭地大骂："笨得像猪！"这是多年来他们对我一贯的形容。曾几何时，我一度怀疑过我的智商，可是小学老师说过："人的智商都一样，就看谁更认真学习。"当时我竟然信了，现在想想，真是一个善意的谎言。最可气的是，每次父母都拿我跟邻居王新对比，那可是众所周知的神童，全县迄今为止唯一考上清华的高考状元。跟他比，我连猪都不如。

长此以往，我变得越来越没有自信，甚至很自卑。

所以，当暖暖说她知道我的名字的时候，我格外好奇，之后也曾问其原因。

暖暖却说："你猜？"

我着实猜不出，太难了。而话题也再一次被聊死了。

话题聊死，不算大问题，我最担心的是怕暖暖寒心。因为我们出双入对，惹得更多男生对暖暖不怀好意，而我从来没有对她保护，或者是伸张正义。

有一次，我和暖暖刚把自行车停好，一个长发男生带着两个兄弟，很不友善地说："好白菜都让猪拱了，鲜花插在牛粪上。"

说了一大堆的污言秽语，令我忍不住地瞥了一眼。

长发男生不悦地骂道："妈的，占了便宜还不服气。"

暖暖见状，拉着我的胳膊推开人群走开，可是身后的谩骂声和嬉戏声不仅没有停止，还越发猖狂。

面对侮辱和叫嚣，我的尊严被践踏一地，同时担心会被暖暖瞧不起。于是我攥紧拳头，想要过去打上一架。暖暖紧紧拽住我的胳膊，微笑着说："无聊的人才会做出无趣的事，跟无聊的人较劲，也是一种无趣，我很讨厌这种人。"

暖暖的开导，填补了我的自尊，还把我的软弱上升到了有趣的境界。

长发男生并没有罢休，一路尾随来到教室，还美其名曰："找个地方咱们交流交流。"看来人一旦让步，对方就会变本加厉。我为了还以颜色，开始寻求苏哲帮忙，他却恰好不在。就这样，我被长发男生的两个兄弟连拉带扯地押到了厕所附近。

这里是"交流"的圣地,可能是这里人多热闹,能够彰显以多欺少的魅力。正当他们对我即将动手之际,瞬间围上来七八个男生。

为首的是程飞,我的小学同学。当年我和苏哲、程飞三个人关系极其要好,形影不离。小学升初中,程飞去了其他中学。后来我听说他学坏了,抽烟喝酒打架无所不通,也就没了联系。高中在同一所学校再次相聚,程飞已经成为校园里赫赫有名的坏学生,兄弟成群。这在当时属于实力的象征,比妻妾成群都风光。程飞曾多次跟我和苏哲说:"如果有人胆敢招惹你俩,尽管找我。"那时我并没有什么感觉,这次苏哲得知我被长发男生带走之后,第一时间把程飞叫来解围,顿时让我深切体会到有这样的朋友真的挺好。

长发男生见到程飞,瞬间变了一副嘴脸,嚣张气焰变得客客气气,一边解释只是误会,一边保证再也不敢。

程飞问我:"有没有吃亏?"

我说:"如果骂我算吃亏的话,那我吃了大亏。"

苏哲拨开人群探出脑袋说:"肖遥,废什么话,还不赶紧骂回去。"

程飞却说:"骂人不好,按江湖规矩直接抽他一大嘴巴,让他长长记性。"

其实,我还真想抽他,就为了他骚扰暖暖,我恨不得把他的裤裆踢碎。可是到了关键时刻,我迟疑了。苏哲一直在旁边喋喋不休地鼓动,再加上程飞的兄弟们在场。最终,我还是扇了长发男生一巴掌。

这是我第一次打人,打得轻重如何,我没有感觉。不过打完之后,心里很是舒坦,同时还很过瘾。

事情结束,人群散去。我突然感觉一双眼睛在注视着自己,找寻过去,发现暖暖正站在不远处看着我。

3

我很担心成为暖暖口中那种无聊的人,我更担心为此她会讨厌我。我想跟她解释,又怕越描越黑。暖暖也从未提及,看来女生都是口是心非吧。

那天过后,再也没有男生敢和暖暖嬉闹,我和暖暖也产生了不言而喻的默契。每次放学总会在校门口等待对方,然后一同骑车回家。多数都是我等她,却假装巧遇。这是我的掩饰,令我感到可耻,可是我又不知如何才能不那么可耻。而暖暖总是会意一笑,从不拆穿。

有时,我真希望她能拆穿一回,这样我就知道,她已经明白我的心意。

苏哲安慰我说:"一个傻子整天陪着美女上下学,除非美女也傻,要不然不可能不知道傻子的动机。"

我觉得很有道理,看来我确实很傻。

苏哲说我不具备美女喜欢的要素,首先我不是坏学生,女生都喜欢坏坏的男生;其次,我也不是什么好学生,论成绩根本吸引不了女生注意；最后，论帅气，我不如他。

前两点，我听着没毛病。最后一点，我不敢苟同，这点自知之明我还是有的。

苏哲说："你很有可能只是温暖用来抵挡别人骚扰的挡箭牌。"

我说："用我做挡箭牌，不更是坐实了流言蜚语吗？"

苏哲说："那只能说明她瞎了眼。"

那一刻，我很想打他。

苏哲确实很欠打，就拿之前把涂改过的情书转手送给林晓月一事，就该挨顿打。

后来我才知道，林晓月也是这样想的，无奈打不过，只能另想办法。苦想几个月，直到隔壁班的李大头前来送情书，林晓月心生一计，把苏哲的情书递给了李大头。李大头恼羞成怒，当即放出豪言要"修理"苏哲，还不忘让路过的同学给苏哲友情提示，让他放学小心点。

李大头以头大著称，但他却四处宣扬这是从小苦练铁头功所致。真假难辨，不过苏哲却有些忌惮，不停问我："你说李大头是不是个言而无信的人？"

我说："放学后你就知道了。"

李大头手持长棍堵在学校门口，随后被程飞和兄弟团团包围。李大头瞬间丢掉棍子，一脸的唯唯诺诺，笑靥如花，点头哈腰，还不忘把棍子踢远一些。

苏哲见场面已被拿捏,大手一挥,豪迈地说道:"李大头,看在你没有言而无信的分上,我就不'修理'你啦。"

二人握手言和,深情相拥,李大头主动请客上网,然后二人勾肩搭背成了朋友。李大头给苏哲建议说:"即使情书送不出去,也不能用铅笔涂改,起码得颜色一致,要不然傻子都能看出来是个二手的。"

苏哲说:"你懂个屁,这是策略。"

苏哲四处宣传我和暖暖成为"情侣"。

这也是他的策略,说只是想验证一下,暖暖到底是不是瞎了眼才看上的我。

我很是担心,埋怨苏哲:"这跟瞎没瞎眼有什么关系?"

苏哲说:"如果温暖为此事很生气,不再搭理你,说明她没看上你。"

我说:"如果她不生气呢?"

苏哲说:"这个就不好说了,可能是宣传的力度还不够,她还不知道,我得再加把劲。"

我很无语。

一周之后,苏哲问:"她生气了吗?"

我说:"没有。"

苏哲很生气,说:"我他妈费了那么大的劲,连保安都知道你俩谈恋爱了,她竟然还不知道?!"

其实,我也曾怀疑暖暖到底听没听到绯闻,我也担心她会一怒之下，对我不再搭理。我也想过诸多理由来解释此事，心中惴惴不安，也很好奇。于是在一次放学路上，我忍不住诱导说某某男明星跟某某女明星传了绯闻，问她知不知道。

暖暖当即听出我的弦外之音，直截了当地说："绯闻怕什么？只要当事人心里清楚就行。"

我一时无语，没能悟出话中玄机。

暖暖看着我，问道："肖遥，你心里想什么，我很清楚。我在想什么，难道你还不明白吗？"

我羞愧难当，还真不明白。

我把事情告诉苏哲，苏哲一声叹息，接着羡慕不已地说："兄弟，看来你真的走了桃花运。"

苏哲让我赶紧表白，以防夜长梦多。

这种想法我每天都有，不过只是想法，从不实施。我的心情如同处女变成女人的刹那，既诚惶诚恐，又幻想和渴望，还有没完没了的纠结。

苏哲建议："开不了口，那就写出来。"

也对，我已经不担心暖暖会拒收，最多是不接受。不过一想，如果她不接受，那连朋友都做不成了。我越想越担忧，还是算了吧。我不仅逃避，还安慰自己，做朋友也挺好，何必多此一举。

苏哲看在眼里，气在心头，整天捶胸顿足，唉声叹气，还煞费苦心找来一些歌词，让我摘抄和借鉴。作为我人生中第一次表白,也是第一封情书,我不想如此随意,于是利用三个深夜,把卧室锁紧,偷偷摸摸写了很多,也拿去厨房烧掉了很多,最终写出一封情书。不过又觉得情书太过俗气,不够高级,我又用了三个晚上,把情书改成了情诗,题目叫《暖》:

> 遇到有个如阳光一般温暖的你,
> 是恩赐,是眷顾。
> 如同一座古城,映入月光。
> 就像翻山越岭,寻找方向。
> 踏入古城,为你搭建最朴实的小屋,
> 走到天涯,为你摘下最娇美的鲜花,
> 然后,
> 插入你的心房,
> 与你一生相望。

我把诗写好塞入信封,揣在怀里。可是连续几天,我迟迟没能把情诗送出。虽然机会充裕,可是一到关键时刻,都在退缩。时间一久,信封在兜里磨出折痕,若再不送出,就前功尽弃。

于是在一个下着蒙蒙细雨的夜晚,我把暖暖送到小区门口,却迟迟没有走。

暖暖看出我有心事,问了一句:"怎么了,有事?"

我把手插进怀里,慢慢悠悠摸索着带有体温的信封,心里万千滋味,脸也骤热,呢喃说道:"没事,没事,你赶紧回家早点休息。"

4

苏哲骂我是窝囊废。我觉得他骂得很对。

苏哲认为既然自己不敢去送,那就找别人代劳。这是个好办法,我很赞成。可是找谁呢,苏哲说他不能再抛头露面了,上次丢人丢得直到现在林晓月仍怀恨在心。

然后苏哲想到了李大头。李大头很是乐意,拿着信封,一路小跑结果撞见了林晓月,然后诚挚地委托转交给暖暖。林晓月当场把信封撕个粉碎,扔在李大头脸上,还破口大骂:"苏哲已经够无耻了,没想到你比他更无耻,你和苏哲没一个好东西。"骂完,还不解气,把李大头连踢带打赶了回去。

我和苏哲藏在墙角,目睹了丢人现眼的一幕。李大头不以为然,还恬不知耻地跟我说:"没想到,林晓月还挺了解我和苏哲。"

苏哲埋怨李大头办事不力,没有抓住核心问题。

李大头问:"什么是核心问题?"

苏哲说:"让你直接送给温暖,谁让你找人代替,还让林晓月误会我跟你一样不是个东西。"

接下来,李大头再接再厉,也抓住了核心问题。当我和暖暖推车离校之际,李大头直接把信件扔到了暖暖的车筐里,不仅没有任何交代,还摆出一副大功告成的胜利表情,然后快马加鞭去跟苏哲会合。

而暖暖拿起信件，看都不看，转身丢进了垃圾桶里。

几天后，黔驴技穷的苏哲很严肃地跟我说："肖遥，我说无能为力，看来只能靠你自己。"

我也很无语。

苏哲又说："我告诉你，说了你可能后悔一时，不说你会后悔一辈子，你必须突破你自己。"

这是我与苏哲认识近十年来，他说过最靠谱的一句话，让我觉得真他妈有道理。

我必须亲口表白，我必须突破我自己。要不然我对不起苏哲，对不起李大头，更对不起我自己。不过表白之前，我还得准备准备。

我需要更大的好运气，虽然我一直坚持睡前默念暖暖的名字。这回，我不止默念一百遍，我会默念上千遍。

我还找来了很多言情小说，抄袭了很多感人肺腑的句子，我默背于心。

我还翻出积攒多年的压岁钱，买了一身颇为像样的衣服。

我还每天偷偷用母亲的洗面奶，想要容光焕发。

我还把自行车擦拭干净，不想有任何瑕疵。

我还……

当准备就绪的那天早晨，我还特意在佛像前磕了头，然后早早地在暖暖家小区附近等她。

半个小时后，她缓缓出门，见面说的第一句话："今天我肚子疼。"

我很紧张，忙问："是不是吃坏了东西？要不要回家休息？"

暖暖难为情地说："不是病。"

我说："那也不行。"

说完，我弃车而去，跑进路边的药店买了一瓶胃药。

暖暖很是感动，攥着药瓶，塞进了兜里。后来我才明白，这是女人的经期问题，就跟我14岁时第一次遗精一样，以为自己流脓了，其实根本不是病，没有才是病。

我以为暖暖是病了，一路上都在讨论肚子疼的话题。眼看马上要进校门，我唯恐四下人多，耽误表白。于是开始大口呼吸，极力让自己镇定。可是一想这事儿，心跳就不自觉地无法控制，速度太快，震得我浑身颤抖。

暖暖看出我的异样说："你不舒服？难道你也肚子疼？"

我说："嗯。"

暖暖停车把胃药又递给我，还到旁边的小卖部买了一瓶水，还劝我赶紧吃了。

我很听她的话，也将错就错，吞了一粒。没想到，还真镇定了很多。我注视着暖暖，深情款款，正欲脱口而出。

暖暖突然问道："你脸怎么那么红？你是不是发烧了？"

我一时无言以对，口齿笨拙地说："是，我发骚了。"

一激动，发音也跟着打结。不过我的无心之举，却吐露了心声。暖暖先是一愣，接着畅快淋漓地开怀大笑，头也不回地加足马力，甩我而去。

我知道，我失败了。看着她的背影，心顿时碎了一地。

我惆怅、无奈、悲伤。我无助、怨恨、凄凉。我六神无主，我痴心妄想。

苏哲见状，便猜出结果。他绞尽脑汁也想不出会是这样。他还火上浇油地在我耳边喃喃自语："难道她有了意中人？不过没有不透风的墙，如果有，早就传开了。那如果没有，整天却跟你纠缠一起，又不顾世俗眼光，只能说明她胸大屁股圆，果然很风骚。"

我无话可说，身心俱疲。一连多天，我总是浑浑噩噩，头重脚轻，食之无味，夜不能眠。我感觉就像大病了一场，我故意躲着父母，减少撞面的机会。其实是我多虑了，他们压根不会察觉，这样也挺好。

我也不再尾随暖暖，即便遇见，我也会假装视而不见。很多次，暖暖想要跟我同行，我总会像她一样，加足马力，甩她而去。而且我每天早晨都会提前来到暖暖家附近，只要她一出来，我就故意堂而皇之地离开。有几次，她在后面喊我的名字，我也假装没有听见。我不知道这样做是对还是错，我好像又没得选择。可是每次看到她，总会难过得心如刀绞，痛之入骨。也让我在煎熬中悲痛，难过中纠结。

直到一周之后的早晨，我在暖暖家楼下一直等了许久，迟迟不见她出门。往常这个时间,她早就动身了,难道是生病了?我想去家里看望,却又不敢,眼看要迟到,只好赶回学校。

自行车停好,看到了暖暖的自行车也在,我放下心来。此时预备铃响起,我跌跌撞撞往教学楼跑去。

这时,楼上传来一个声音:

"肖——遥——肖——遥——"

我抬头仰望,暖暖站在五楼的教室窗户前,对我挥手呼喊。声音清脆明亮,热情奔放,响彻整个教学楼,引得路人围观。我的心情瞬间雨过天晴,激动的情绪难以言表。

从那之后,我和暖暖恢复了结伴同行的时光。彼此也从未提及那天究竟为何会出现反常,仿佛一切都从未发生。

而暖暖每天早晨雷打不动在五楼对我挥手呼喊,犹如一道温暖的光,沁人心脾,令我心动不已,也充满自豪。为了享受这一美好瞬间,我故意掐着时间进校门,她的呼喊每一次都会给我带来一整天的神清气爽和余音袅袅。

第二章　还没开始就结束了

1

我不再试图表白,这种仪式在现实面前,已经证明不了什么。我也曾怀疑这是不是一场梦,我也祈祷让我在梦中长睡不醒。

春暖花开之际,四处弥漫着暧昧的味道。很多人被暖暖的呼喊声惊醒,都在蠢蠢欲动,骚动不已。

林晓月也是其中之一。

在容貌上,林晓月跟暖暖相比有点距离,但也不差,亭亭玉立,只是脾气暴躁,有些男孩子气。这种性格,喜欢她的人,甚是喜欢,不喜欢她的人,绝对讨厌。所以,林晓月一年之内,只收到了两封情书,这是她的高光时刻,短暂且不璀璨。不过苏哲和李大头送完情书,就没了动静,如同将她遗忘,也仿佛只是一场闹剧,令林晓月一直耿耿于怀。不过当她看到苏哲轻而易举地化解了李大头的挑衅,还能亲如手足,大为感动,认为情敌都能如此，何况情侣。于是经常在教室门口、车棚旁边、校园门口，所有能够跟苏哲见面的地方，臭骂一句："不要脸。"

苏哲每次回撑："疯婆子。"

李大头看在眼里很不平衡，他认为凭什么只骂苏哲，不骂他。然后也学着苏哲骂："疯婆子。"

林晓月脸色骤变，大骂一声："滚。"

李大头愤愤不平，询问苏哲同样的状况，为何待遇不同。

苏哲颇为自豪地说："我比你高，比你帅，比你学习好，跟你比是在侮辱我。"

李大头服了，单凭学习，他一直稳坐年级倒数第一。

有时我在想，再好的学校也有倒数第一，但是保持倒数第一，却难于登天。这一点李大头也算创了奇迹。

不过像苏哲和林晓月这种，仅凭一张嘴，骂来骂去，却骂出了感情，也算是奇迹。很快，我便见苏哲和林晓月一块打打闹闹地结伴回家。看来他的策略终于奏效了。

五一假期，林晓月提议去青岛的海边看日出。苏哲很乐意，只要不学习，其他都可以。不过，苏哲觉得只有两个人去，一旦半路上吵起来，连个劝架的人都没有。

于是，苏哲诚挚邀请我叫上暖暖一块前去，说这将是一趟浪漫之旅，可以增进感情。这是个好主意，不过从我们麟城到青岛最快也得八个小时的火车，来回就得两天，不知道暖暖会不会同意。

苏哲说："我先让'疯婆子'去探探口风。"

结果暖暖竟然答应了。

林晓月跟我说："起先温暖不同意，我说肖遥很想你也一块去，她问真的吗，我说真的，然后她就爽快地答应了。"

林晓月瞥了我一眼又问道："我实在看不明白，你用了什么魔法迷惑了我们班花？"

我笑得合不拢嘴说："主要是个人魅力。"

虽然我很期待一块旅行，但是我不知道如何说服父母给我放行。我的父母不允许我干出任何脱离学习的事情，我又不能不辞而别，如果那样，回来一定把我揍扁。我绞尽脑汁，编造了一堆谎话，最后从中精挑细选出一条，说是苏哲父母请了一个名校家教，趁着假期给苏哲恶补一下，我想趁机跟着一块去补习，不过要在苏哲家里住上两天。

父母一听，有这种不花钱白占便宜的好事，岂能放过，并且塞给我三百块钱，说是不能空着手去。

一切准备就绪，下午我按照和暖暖的约定，骑着自行车来到她家门口。几分钟后，暖暖戴着鸭舌帽，背着双肩包，一身运动装，摇晃着马尾辫，朝我翩翩走来。那一刻的她格外清纯动人，让我看得格外入迷。

我问："怎么没骑自行车？"

这不在约定之内。暖暖直接坐在后座说："你现在是我的司机。"

在路上，我问："你是怎么跟爸妈请的假？"

暖暖说:"我说跟同学组团去玩两天,我妈问有没有男生,我说有。"

我很诧异:"竟然同意了?"

暖暖说:"他们很开明的,难道叔叔阿姨不这样吗?"

我没有回答,很是羡慕,不小心路过一个小沟,车子颠簸了一下。暖暖为了保持平衡,由之前的扶着车座,改成了牵着我的衣角。几次,她的手指触碰到了我的腰部,让我浑身酥软,也很激动。幸好她没有搂住我的腰,要不然我估计连自行车都不会骑了。

这是我第一次骑车载着姑娘,还是我深爱的姑娘。就像载着阳光,一路奔赴希望。

我和暖暖赶到火车站,苏哲和林晓月已经到了。正当我们准备检票进站的时候,李大头背着大包小包赶来了。

林晓月很不高兴,显然是对通知李大头充满情绪,她拧了苏哲一把,疼得他龇牙咧嘴。

不过上了火车之后,李大头的优点就呈现了出来。他就像在背包里开了个超市,一会儿掏出个苹果,一会儿掏出盒饼干,一会儿掏出一包瓜子,然后大家一块分享。而我和苏哲在李大头的映衬下,显得特别粗心,因为我俩什么零食都没准备。为了扳回一局,我和苏哲啃着他的苹果,吃着他的饼干,磕着他的瓜子,大庭广众地说着他的坏话。

林晓月说我们俩简直没有人性,扭头问李大头:"有没有巧克力？"

李大头说："有。"

林晓月又问："有没有口香糖？"

李大头说："有，有薄荷味的，有草莓味的，还有西瓜味的，你要哪个？"

林晓月说："一样来一个。"

李大头的细致入微和乐此不疲，令苏哲醋意横飞，然后埋怨林晓月占便宜没个够。

林晓月问李大头："你包里有醋吗？"

李大头说："苏哲有。"

顿时，我们几个哄堂大笑。

来到青岛，已是半夜。这里的温度比内陆偏低，我们穿上事先备好的羽绒服，步行了几百米就来到海边。

皎洁的月亮照着海面，映射出淡淡的光泽，不过海的远方漆黑一片，只能听到海水冲击沙滩发出的"噗噗"声响。

暖暖和林晓月打开手电筒，找到一块干净的沙滩，从包里掏出一块大大的床单，铺在上面，我们席地而坐，面朝大海。李大头饿得饥肠辘辘，想到提前准备了木炭和烧烤架，然后点起篝火。我们烤着香肠和面包，场面一下子变得温馨起来。

林晓月说："我想吃鸡翅。"

苏哲说："没有。"

林晓月说："我想吃鸡翅。"

苏哲说:"这个真没有。"

林晓月凶巴巴地说:"没有可以去买,火车站旁边有24小时营业的超市。"

苏哲没辙,一路小跑。回来后,林晓月已经把香肠烤好,特别殷勤地递给苏哲,说:"快吃快吃,可香了。"

苏哲一口塞进嘴里,结果又吐了出来。

林晓月古灵精怪地说:"沙子的味道怎么样?"

我们几个哄堂大笑。这是林晓月特意支走苏哲,故意而为之。

苏哲对着林晓月的脸"呸"了一口沙子,二人开始追逐打闹。

我和暖暖吃饱了,沿着海边漫步。留下李大头一个人,烤着篝火,吃着香肠,嘴里嘟囔着:"左边一对狗男女,右边一对狗男女。"还不忘嘱咐一声:"早点回来,我一个人害怕。"

2

我和暖暖找到一块礁石坐下,暖暖说这是她第一次来海边,一直很向往。其实我更向往,我从小喜欢大海,莫名其妙地喜欢。就像莫名其妙地喜欢上暖暖一样,没有理由,也可以说是命中注定。不知道暖暖会不会跟我一个想法。

暖暖说以后上大学也要去个有大海的地方,还问我以后考大学有什么打算。我奢想过上大学,但没想过上什么大学,更没想过去哪里上大学,以我的成绩,有个本科院校收我就烧了高香。

不过,我为了不破坏氛围,附和道:"我也找个有大海的地方。"

暖暖说:"真的吗?"

我说:"那得看我考不考得上。"

暖暖说:"你应该好好学习。"

一提学习就影响心情,我急忙转移话题说:"你的理想是什么?"

暖暖说:"主持人,你呢?"

我的理想很多,小学时想做董存瑞,初中时想做樱木花道,不过现在我只想一辈子和暖暖在一起。她是我的理想,是我的未来,更是我的命。那时的我,坚信此生不会再爱上其他姑娘,甚至可以为了暖暖付出一切,包括生命。

可是这些真心话,我没有胆量讲出,只能搪塞说:"以后我要做台长,专管主持人。"

暖暖笑了,月光洒在她的脸上,让我怜惜和心动。

我想起电影《喜剧之王》的一个桥段。张柏芝说:"前面漆黑一片,什么也看不到。"周星驰说:"也不是,天亮之后就很美。"

我和暖暖相依而坐,如同电影中的张柏芝和周星驰,面对深邃无边的大海,等待着黎明的美好。而什么才是真正的美好,可能要等我们长大之后才能懂得。

到了凌晨三点,暖暖有些凉意。我脱下羽绒服盖在她身上,她不要，怕我冷，却抵不过我的执拗。我用身体抵挡海风，虽然皮囊是凉的，心里却很热乎。暖暖靠着我的后背，头发撩动着我的肩膀，令我有种想要将她拥入怀中的冲动，可我不敢。

暖暖深情地说："肖遥，我听到了你心跳的声音，扑通扑通，真好听。"

那一夜，我们几个都没有睡，困得哈欠连天，浑身疲惫。后来想想，也就是那时的我们，能干出这种事来。可能我们要的不止是日出，更多的是等待吧。

黑夜一丝一丝被光芒刺穿，天空也如预想那般亮了起来，一个新的轮回又将开始，一个新的一天再次来临。太阳慢慢升出地平线，在海天之间勾勒出一幅生机壮丽的画面，令我们感叹之余，也欢呼雀跃，并不停呼喊。

林晓月兴奋地问苏哲："敢不敢说你喜欢我？"

苏哲说："疯婆子。"

林晓月说："不要脸。"

然后，二人很甜蜜地扭打在一起。

李大头则低吟："狗男女啊，狗男女啊。"

而我却发现暖暖兴奋之后，呆站一旁，脸上突然挂起了忧伤，微微抽泣，几滴滚烫的眼泪从脸颊顺势滑落。

我心疼不已地问道："你怎么了？"

暖暖背过身去，急忙擦拭眼泪。如果她说被海风吹的，或者说阳光太刺眼。我可能会被蒙蔽过去，但是她的缄默不语，让我知道她有心事。我也开始忐忑不安，忧心忡忡。直到坐着火车回家，他们都在熟睡，我却满脑子闪烁着暖暖流泪时的画面。

回到麟城，天色已晚，我把暖暖送到小区门口。我嘱咐暖暖多喝水，洗个热水澡，好好补上一觉，千万不能感冒。暖暖也重复同样的话叮嘱我，说完迟迟没有下车，也没有说话。就这样，我们彼此沉默，不过有她在身边，哪怕只有呼吸，空气都是甜甜的味道。

暖暖冷不丁问道："肖遥，我能问你一个问题吗？"

我说："问吧。"

不知道她想问什么？是好事还是坏事？是关于我，还是关于她？不过我知道，肯定跟她的心事有关。

暖暖迟疑了一下说："两个人一旦分隔两地，你觉得还会不会在一起？"

我仿佛明白了什么，心里很是害怕。我想回头看她一眼，她却躲在我的背后。我不知道她此刻的表情是什么样子，而我的表情是什么样子，我看不到，应该是慌乱吧。

暖暖用手指轻轻点了一下我的后背，示意我赶紧回答。

我说："应该会吧。"

她说："真的吗？"

我说："嗯，真的。"

暖暖对我的回答很满意，一扫之前的阴霾，从后座跳了下来，冲着我露出洋溢的笑容。路灯虽是微弱，依旧照射出了暖暖的美丽，让我一辈子都不愿离她半步。

可是她总得回家，我也必须得离开。

我路过一根根路灯，穿过一片片微弱的光芒，内心无比彷徨。夜风习习，我感到一丝荒凉。看着路灯高高在上，即便用尽所有能量，也无法覆盖所有角落，总有无法触及的黑暗，这感伤来得让人猝不及防。

暖暖的问题，就像一根毒刺，深深地扎在我的心里，令我痛苦煎熬，一直滴血。我曾幻想，暖暖只是在跟我开玩笑。我也幻想，暖暖一定是不相信我们能够考进同一座城市的大学。我还幻想，暖暖是不是得了什么绝症，因为电视剧总这么演。

我越想越怕，内心也越发凄凉。

几天后，暖暖让林晓月把实情告诉我。说是暖暖父亲工作调动去了隔壁的郓县，他们全家都要一同前往。这意味着暖暖过完这个学期，就要离开这里。

看来没有绝症，不会阴阳两隔，我松了口气，可依旧还是晴天霹雳。

我问："她为什么不亲口告诉我？"

林晓月一声叹息，说："嗐，应该是没有勇气吧。"

接下来的两天，我和暖暖依旧像往常一样，彼此从未说起这件事情。我始终不敢相信这是真的，我想当作玩笑去逃避。可是暖暖却变得阴郁而惆怅，终于忍不住在一天放学的晚上说："林晓月告诉你了吧？"

我说:"告诉我了。"

暖暖低声说:"我走之后,你还会记得我吗?"

看来是真的,我的世界瞬间崩塌,令我浑身战栗,就连每一个毛孔都在拼命释放全身的热量,让我浑身冰凉。我看着被乌云遮挡得若隐若现的月亮,心乱如麻。我望着漫无边际的黑暗,突然很想放声苦笑。

最后我在一声叹息之后,问道:"你还会记得我吗?"

3

那晚,我不知道有没有听到暖暖的回答。我的大脑一片空白,耳朵嗡嗡作响,世界如同静止,让我神志不清,也支离破碎。

我瘫软在自行车上,一丝力气都没有。我恍惚片刻,开始在街上晃晃悠悠地来回游走,一圈又一圈,漫无目的。身边的路人越来越少,都有地方可去,而我突然有种迷失的感觉。

回到家,我躲进自己的房间,始终不能平复,便塞上耳机,听着《许愿》,在纸上写满了"暖暖"。直到我两眼昏花,分辨不清,才重重地趴在桌子上。

我做了一个奇怪的梦,梦到了很多的千纸鹤舞动翅膀,在空中飞翔。我隐约看到了暖暖,她正饱含泪水地看着这些千纸鹤,黯然神伤。

都说梦是反的,所以我认为暖暖应该会喜欢千纸鹤,于是决定送她千纸鹤。还有一个月就放假，我从学校文具店买来折纸，每天折三十三个，寓意三三不断。我把叠好的千纸鹤，用红线串联起来，寓意一生牵挂。我还在每个千纸鹤的翅膀上写上暧昧的歌词，我想让她看到我不敢表达的爱意。

我把每天折好的千纸鹤，趁着上午大班空时间，偷偷放在她的车筐里。起初我还担心她不知道是我干的。两天后，我们在回家的路，她一把将我车筐里的作业本拿过来翻看了几页，和颜悦色地说："字如其人，真丑。"那一刻，我脸红心跳，却很舒坦。

后来，我才知道，每次我往车筐里放千纸鹤的时候，暖暖都会趴在教室的窗户前远远地看着。

这段时间，苏哲和林晓月闹了分手，原因是上网。我以为苏哲在网上跟其他女生聊天，被抓了现行。没想到是林晓月跟男网友聊天，反被苏哲发现。

苏哲吹眉瞪眼地骂她："疯婆子，不要脸，他是谁？"

林晓月说："我又不是你女朋友，你管不着。"

苏哲满腹委屈地说："你要不是我女朋友，我陪你去看日出？你要不是我女朋友，我让你呼来唤去？你要不是我女朋友，我至于发那么大的脾气？"

林晓月说："这只能证明你不要脸，你有什么证据证明我是你女朋友？你向我表白过吗？从来没有，你就是不要脸，连送的情书都还是二手的。"

苏哲说："疯婆子，你朝三暮四还有理了，真他妈的欺人太甚。"

我和暖暖怕事态严重，从中劝解。

林晓月说："没事的，不用劝。"

果然没事，苏哲和林晓月很快达成一致，只要苏哲当着我和暖暖的面表白一番，林晓月就告诉他男网友是谁。

苏哲当机立断说了一句："疯婆子，我他妈的喜欢你。"

林晓月不满意，说："不能带脏字，要用普通话。"

苏哲一脸为难地说："要不要立正稍息，算了，老子不说了。"

林晓月很生气，瞪着苏哲，说："妈的，不说就不说。"

她刚转身要走，苏哲低头说了一句："喜欢你，我喜欢你。"

林晓月笑得合不拢嘴，然后心满意足地带着苏哲去找男网友，结果一看，竟然是李大头。

李大头哈哈大笑说："苏哲，你小子中计啦。"

这时，我们才知道，一切都是林晓月布好的局，只为让苏哲向她表白而已。

我很羡慕，我一直奢望，要是暖暖的离开也是一场闹剧，那该有多好！不过当苏哲表白的瞬间，暖暖看了我一眼，意味深长的一眼。

我知道，我始终欠暖暖一句深情告白。我在心里无数次地说过"我喜欢你"，可是事已至此，我想这句沉重的话，应该放在最沉重的时刻吧。

时间总是如此无情，也如此匆忙，九百九十个千纸鹤已经凑齐，也意味着最后一天终将到来。我把最后一个千纸鹤放在手心，我想当面亲手送给暖暖。本来我打算在千纸鹤上写上"我喜欢你"，苏哲却说："看似很浪漫，不过不够浪。"

言外之意，千纸鹤终究代替不了当面表白。我觉得很有道理，然后在千纸鹤上只画上一颗红心，犹如一个句号，以此终结。

放假前的最后一个晚上，我在校门口等暖暖，等来等去不见人影，直到校门关闭，我才一个人默默离去。一路上我很难过，以为这就是暖暖跟我告别的方式，我又不敢相信她会走得如此无声无息。路过暖暖小区门口，我很希望她能在这里等我，可是漆黑一片，除了路人，什么也没有。手里的千纸鹤，已经无处可去，但是我必须送出去，这是我的期许和坚持。

这时，身后传来了一个声音：

"肖遥。"

暖暖笑着喊我的名字，我心里一阵惊喜和欢悦。

暖暖说："以前都是你在后面默默跟着我，我也想试一下在后面跟着你到底什么感觉。"

没想到，最后一次的结伴同行，竟然成了角色转变，也回到了当初的起点。我不知道暖暖这是什么用意，不过我认为她自有她的道理。

第九百九十只千纸鹤放在暖暖的手心，它有了归宿，我很安心。暖暖也如获至宝，捧在手心，就像一朵绽开的鲜花，娇艳美丽。我又担心鲜花早晚会凋零，希望这只千纸鹤能够抵挡岁月的洗礼。

我说："什么时候走？"

暖暖说："还不知道，可能过了这个暑假吧。"

看来这次还不是分离，于是我又退缩了。

暖暖说："明天，你能陪我去上网吗？"

暖暖喊我上网，为了在QQ上互加好友，说是方便以后联系。

这一点，我着实没有想到。我很感激暖暖的细腻，总是在极力保护着我们的感情，而我像个傻瓜一样，什么也做不了。

记得网吧刚刚兴起的那年，苏哲说在网吧打游戏，比在游戏厅还要过瘾。于是我很好奇，第一次去了网吧，也第一次操作电脑，只会开机关机，电脑桌面上的网页和游戏，我一概不懂，也不好意思询问网管。就这样，我呆呆地对着电脑，足足一个小时。那种尴尬的境遇，令我终生难忘。

有时想来，这种窘态和不堪，就是我的生活本色。我本就是无名小卒中不显眼的那个，从遇到暖暖，又将面临分离，就像一场网络游戏，终究只是一场空而已。不过网上聊天却截然不同，那是真实存在且可以口无遮拦的交流工具。因为那天，我和暖暖聊了很多现实中不会提及的话题，我也知道，原来她除了互加好友之外，还有其他目的。

暖暖：听说你以前谈过？

我：谈过什么？

暖暖：女朋友。

我：是吗？我竟然不知道，罪过。

暖暖：谈过也无妨，大胆承认就行。让我也一块为你高兴高兴。

我知道暖暖故意使诈，不过我很高兴，起码她很在乎我的过去。

我：那你就独自高兴吧。

暖暖：果然没猜错，你就是谈过。

我：哈哈，你果然上当了。

暖暖：呵呵，鬼才会信你，哼。告诉你，我也谈过，一个大帅哥，像谢霆锋。

我很吃醋，瞥了一眼邻座的暖暖。她却正襟危坐，坦然处之。

我：跟我讲讲你是如何被大帅哥抛弃的，也让我高兴高兴。

暖暖：后天我家没人，你来找我就告诉你。

我发了一个流泪的表情。

暖暖看了一眼，挑衅般地笑着说："怎么？不敢来吗？"

4

我从不敢想象，暖暖竟用这种令我醋意横飞的方式，邀请我去她家做客。我不知道该不该去,不过对于她的命令,我向来言听计从。可是来到家里,暖暖缄口不提"大帅哥"的事情。

她家很大,是一座联排别墅,之前我在她家门口偷偷转悠过很多次。我也知道她的房间坐落在二楼的西侧,很多个夜晚,我在门外看到她在窗前走动的倩影。

暖暖说房子不是自己家的,是父亲单位安排暂时居住的。看来她父亲级别很高,应该是个大领导。

暖暖说:"不大,只是一家银行分行的行长。"

我突然感觉到了差距,不是一般的差距。我的父母只是普通公职人员,普通到干了大半辈子始终只是科员。我父亲常说,当初苏哲的父亲无论资历、学历,远不如他,却当上了主任,手底下管着两个科室。难怪父母要求我必须有出息,这显然是他们在逃避自己的问题。又一想,原来我的逃避追根溯源就是遗传。这样就舒服了一些。

暖暖家里收拾得很干净,家具和家电都很讲究,我小心翼翼跟着她的脚步四处参观。随后,暖暖把我带进了她的卧室,推门进去扑面而来一股熟悉的香味,那是暖暖的体香,令我心旷神怡。

暖暖准备了酸奶、可乐、雪碧、芬达,还有西瓜汁和橙汁,说是她亲手现榨的。还说不知道我喜欢喝什么,所以每样都备了一些。

我很感动。

房间的角落摆放着一架钢琴,暖暖打开琴盖,说:"我想让你听听我写的一首曲子。"

我说："你让我来，不是想说说'大帅哥'的事情吗？"

暖暖白了我一眼说："你有完没完。"

我不敢再造次。

暖暖又瞥了我一眼，说："你吃醋啦？"

我拿起一杯橙汁，急忙喝了一口说："真酸。"

暖暖的手指在琴键上翩翩起舞，阳光洒进室内，照在她的后背，熠熠发光，就像仙女下凡，撩动我的心弦。曲子舒缓却又有力，再看着她的面容，除了令人沉醉，根本无法形容。

弹完最后一个音节，暖暖抬头问我："好听吗？"

我说："好听。"

暖暖说："为什么不鼓掌？"

我说："好听到忘了。"

暖暖说："这是我写的第一首曲子，我想到一个曲名，不过我还是想让你来取。"

"暧昧的爱。"

当这个名字破口而出的时候，我都不知道自己说了什么，或许这是埋藏在心底的真情流露吧。

暖暖顿时愣住了，眼神迷离地看着我说："你怎么知道我想的名字？"

我说："我不知道，巧合吧。"

我们俩的不谋而合，太过神奇，令我不敢相信会如此奇妙，也或许只是暖暖为了附和我罢了。

暖暖说:"这是缘分吗?"

我说:"何止,简直心有灵犀。"

我的附和正中暖暖下怀,她羞涩地笑了。

这是我第一次见到她的羞涩,如此甜美,惹人怜惜。如果当时我过去拥抱她,她也许会乐意,但是我不敢。

到了中午,我打算回家,虽然这不是我的本意,但也得假装客气客气。

暖暖说:"你是不是怕被撞见?放心,我爸在郓县回不来,我妈中午有饭局。"然后拉着我进厨房,说要秀一下她的厨艺。看她切菜的手法,我一眼便知她顶多会番茄炒鸡蛋。于是我抢过菜刀,噼里啪啦,很快便切好了一盘土豆丝,一盘花菜,一盘酱牛肉,还不忘炫耀说:"雕虫小技。"

暖暖叹为观止,说:"谁教的你?"

我说:"自学成才。"

我所言不虚,八岁我就研究煮方便面,九岁开始洗衣服,十岁我就会做蛋炒饭。这跟家庭教育无关,着实被逼无奈。平日里,父母的争吵让我总感到一种不可言喻的压抑,所以我讨厌在家,即便在家也少言寡语,更没有过与父母心平气和的促膝长谈。我从小习惯了自己的事情,自己处理。处理得了,欢天喜地,处理不了,爱咋咋地。所以,我养成了既独立又逃避的性格。

这些事情,我是不会跟暖暖倾诉的,我怕她不敢相信,更担心她会耻笑。

我问暖暖:"土豆丝吃咸口的,还是酸辣的?"

暖暖说:"酸辣土豆丝是我的最爱,没有之一。"

我说:"不会这么巧吧,这道菜是我的拿手绝技。"

暖暖很是期待,看着我点火、倒油。正当我准备把切好的配菜下锅之际,大门口突然传来一个成熟女性的声音:"暖暖,我回来了,饿了吧宝贝,我给你带了两个菜,有你最喜欢吃的酸辣土豆丝,多加了辣椒多加了醋……"

暖暖母亲突然回来,令我措手不及。我急忙停火,见四处没有柜子可以藏身,便"嗖"的一下,躲在了厨房门后。暖暖一直看着我,眼神里有些尴尬,有些难过,更多的是失望。但是不躲,我又没有什么别的办法,当时我只是个高中生,于情于理说不过去。后来想想,这只是我没有勇气坦然面对的借口罢了。

暖暖为了包容和迁就我,也可以说是掩护和保护我,急忙走出厨房,挡在门外,抢先接过母亲手中的热菜,埋怨说:"妈,你不是有饭局吗?怎么那么快就回来了?"

暖暖母亲说:"你爸来电话了,说是新家已经安顿妥当,明天来接咱们,待会儿咱俩得收拾收拾东西。"

说完径直走向二楼。

我愣住了。暖暖也愣住了。

我不知道,当时我是如何从她家逃离出来的,是失魂落魄地走着出来,还是狼狈不堪地跑着出来,我记不清了,大脑一片晕眩。只记得出门之后，明明地面很平，我却摔了一跤，真是可笑。我四处寻找自行车，不见踪迹，我连自己是走着来的都忘记了，真是可悲。

暖暖紧跟其后追了上来。

我强颜欢笑地说："不用送我，赶紧回家收拾东西吧。"

暖暖却急切地说："肖遥，晚上八点，你骑上自行车在小区门口等我，无论如何一定要等我。"

5

我不知道暖暖想干吗，是想带我私奔吗？不过骑自行车私奔，又能跑多远呢？再说了，如果真的私奔，我有这个勇气和胆量吗？我确信，我没有。但我不知道她有没有。

带着这些疑问，我从七点一直在小区门口守候，直到八点半，暖暖才骑着自行车出来。我没有询问暖暖是以什么理由出来的，我知道肯定不容易，要不然早出来了。

我们一路骑行，去哪儿我不知道。我只知道紧紧跟着她的方向，暖暖一直默不作声，压抑已久的伤感，终于破土而出，而我只有陪伴，别无办法。

我们来到了学校，大门紧闭，透过铁栅栏只能看到里面漆黑一片。

暖暖抬头看着我说："我想进去。"

于是，我找到一个有缺口的栅栏。之前苏哲带我逃课，又不敢名正言顺地从校门出来，都是从这里爬出去。没想到，这次竟然是别开生面地爬进去。

我们看着熟悉的车棚，穿过熟悉的篮球场，站在熟悉的教学楼下。头顶的国旗在高空迎风飘扬，红色的旗帜在黑夜中依旧夺目，可是这将是我和暖暖最后一次路过和最后一起的伫立瞻仰。心中的感伤，就像黑色的夜，覆盖了全身，无处藏匿。

我沉浸于悲春伤秋之中，却发现暖暖不见了。我很焦急，四处打望，又不敢大声呼喊，唯恐惊扰了守夜的保安。这时，五楼的一处教室亮起了灯，正是暖暖的班级。只见她站在那个熟悉的窗台后，对我挥手眺望。就像之前一样，不过一个白天，一个晚上，我的全世界彻底颠倒了。

"肖遥——"

暖暖像之前一样，无所顾忌地大声呼喊我的名字。我如万箭穿心，情绪终于如潮水决堤，奔涌而出。然后对着暖暖做了第一次的回应：

"哎——"

"肖遥——"

"我在——"

"肖遥——"

"温暖——"

"我想让你叫我暖暖，只有家人才会这么叫我。"

"暖暖——"

"肖遥——"

"暖暖——"

……

夜空四处静谧,彼此的声音在空中飘荡扩散,每一个音符都荡气回肠,每一个字也充满了孤寂和无奈。我们呼喊了许久,直到保安要过来制止,我们才仓皇逃离。

暖暖的疯狂举动,总是令我出乎意料。我想,这也是我做过最为疯狂的一件事吧。可是我的疯狂,终究只是为了迎合暖暖而已。看来我亏欠了暖暖太多太多。

在回去的路上,暖暖说:"我以后再也不能在五楼喊你的名字了。"

我默不作声。

暖暖说:"今天应该是咱俩在这个学校的最后一次结伴同行。"

我继续沉默。

此情此景,如同生离死别,我除了感伤,真的无话可说。虽然我深知,还欠一句告白。

路途总是短暂,时间总有期限,归途的尽头就是终点。我们回到了起点,停在了暖暖小区附近的那盏熟悉又破旧的路灯下。之前,我们每晚都从这里分开,此时,彻底沦为告别。

暖暖看着我说:"明天我就走了。"

我说:"嗯。"

暖暖低头说道:"我走之后,你还会记得我吗?你一直没有告诉我答案。"

我说:"会。"

我不知道我的回答是铿锵有力,还是软绵无力,但是我心里的酸楚,已经将我击打得体无完肤。

我说:"你走之后,还会记得我吗?"

我终于问出了深埋已久的问题。

暖暖说:"把左手伸出来。"

暖暖给我戴上了一个用五彩绳编织的手链,虽然她没有描述手链的来历,但是我知道这是她亲手编织的。这在当时的校园很是风靡,很多情侣以此定情。手链通过暖暖细腻的双手,牢牢拴在我的手腕,在路灯的照射下,显得格外亮丽夺目,也充满生机和希望。对,这就是希望,给我补充了无限遐想和能量,瞬间令我没有那么冰冷和无助。

暖暖的手并没有急于离开,她打开我的手心,指尖在上面用力写下一个字——想。

我用力攥紧拳头,唯恐这个字会消失不见。

暖暖说:"肖遥。"

我说:"嗯。"

显然她对我的回答不满意,又叫了一声:"肖遥。"

我说:"暖暖。"

暖暖说:"肖遥。"

我说:"暖暖。"

……

我俩就像傻子一样,站在十字街头,看着对方,念着名字,不知这属于苦中作乐,还是自得其乐。暖暖用力露出迷人的笑容,却难掩她满脸的不舍和悲伤。而我连笑容都无力展露,只剩一片荒凉。那一刻,我能体会到,她有多么不想离开这里。而那一刻,她应该也能体会到,我有多么不想让她离开。

暖暖说:"没能吃上你亲手炒的酸辣土豆丝。"

我说:"改天一定让你尝尝。"

暖暖说:"我想说的已经说完了,你还有什么话想对我说吗?"

我深呼吸,憋足劲,可是在这紧要关头,竟吐出了大煞风景的四个字:

"好好学习。"

6

那一夜成为我人生中极其至暗的时刻,我不仅软弱无能,我也痛恨自己,很长一段时间,我都无法原谅,也瞧不起我自己。

我知道暖暖一定会带着遗憾离开,这将是她心里难以释怀的痛。我担心"痛"会发酵,会变质,会糜烂,会让她对我失望,会因此彻底离我而去。我想要弥补,想要挽救。

于是第二天一早,趁着父母出门上班之际,我炒了一盘酸辣土豆丝,想给暖暖送去,然后说出"我喜欢你"。可是大门被反锁了。这是父母对我这几天不在家里学习的惩罚,来得真不是时候，让我悲愤不已。

我给苏哲打电话，想要让他来帮我把门撬开，却一直无人接听。我给李大头打电话，也是如此。我陷入失望，就像热锅上的蚂蚁，只能用来回踱步来舒缓绝望的心情。

其间，几次我试着拨通暖暖家里电话，每次都在即将连接之际，又把电话重重放下。我在怕什么？我也不知道，我怕的很多，也错失很多。

倏忽而来的一个念头，让我想起电话的点歌功能。这是一个奇妙的设计，之前我去父亲办公室写作业，无意中从办公桌上的电话簿里面看到了这个功能。当时我还好奇，试着往苏哲家里点了一首情歌。接听的是苏哲母亲，误以为是哪个美女在和苏哲父亲调风弄月，差点打得不可开交。这事我一直记忆犹新，便翻箱倒柜找出厚厚的电话簿，按照通信台的提示，给暖暖点了一首张信哲的《依依不舍》。

我很喜欢这首歌的歌词和意境，加上张信哲柔情似水般的演唱，完全倾诉出我心底的声音。我不确定她能不能收听到，如果被暖暖父亲接听，会不会跟她母亲打得不可开交？这让我有了多余的焦虑，看来一切只能交予命运。

而我只能看着已经没有了热气的酸辣土豆丝，黯然神伤。

第三章　世界再大，大不过人心

1

暖暖走后，我的生活瞬间失去了所有色彩，只剩一片漆黑。

这次的期末考试，我考得一塌糊涂。以前我会装出一副可怜兮兮的模样，并信誓旦旦地保证下回一定努力。这次，我连撒谎都没有了气力。父母很是疑惑，认为必有猫腻。于是趁我出门之际，闯进我的房间翻箱倒柜，从抽屉深处翻出一本写满"暖"字的笔记本。

父亲很诧异，母亲很惊讶。

父亲问："这他妈的是什么东西？"

母亲说："你他妈的知道个什么东西，儿子这是缺少温暖，需要关爱，这才是成绩下滑的根本原因。"

他俩简单商议，决定对我嘘寒问暖。不过只坚持了两天，便戛然而止。

母亲嫌弃父亲："你对儿子的态度太虚伪，不真诚。"

父亲反驳母亲:"这本来就该是当妈的义务。"

母亲不服:"那学习成绩跟你脱不了干系。"

父亲不服:"难道跟你没关系?"

吵累之后,为了展示对我的无私关爱,他们分头给我买一堆补习资料,回来发现有几本买重了,不约而同地再次打响战争。

父亲喊:"你买也不跟我打声招呼,纯属浪费。"

母亲吼:"是你不跟我打招呼,自作主张,是你浪费,是你浪费,是你浪费……"

最后,他俩在争吵中把多余的资料撕碎了,纸片撒了一地。

而我戴着耳机,蒙头倒在床上,一刻都不想多待。我满脑子都是暖暖,她的一颦一笑犹如幻灯片,轮番滚动。我只想见到暖暖,她是我快乐的源泉,温暖的动力。

高二那年,文理科分班,我选择了文科。这是我自己抓阄的结果,因为对我来说没有做选择的必要,就像两个瘸子比腿瘸,怎么比都是瘸子。很多次,我也激励自己一定好好学习,将来跟暖暖考入同一所大学。不过只是激励,我却没有学习的耐心。而我最有耐心的应该是对暖暖的思念,她却像断了线的风筝,失去了联系。让我觉得生活终究如此,全是食之无味。

每次路过暖暖的小区,我总会停留片刻。有几个夜晚,我会在她家的别墅门口仰望二楼。我是多么希望她能再次出现,可是这种没有意义的希望就像泡沫,只会逐个破灭。

我问过林晓月跟暖暖有没有联系,知不知道她在哪所学校,哪个班级，林晓月则反问我是干什么吃的。

我无言反驳，我确实白痴。

我每天戴着暖暖送我的手链，从不摘下，睹物思人。苏哲说手工不错，从哪儿捡的？

我说："林晓月送的。"

苏哲很是吃醋，试图动手抢夺。我却瞬间翻脸，苏哲这才明白，唉声叹气地说："别人谈恋爱都喜气洋洋，你谈恋爱苦大仇深。"

我问："我是不是有病？"

苏哲说："你是相思病。"

苏哲总能将我一眼看穿。分科之后，苏哲去了理科班，这是他学着我抓阄的结果，而且三次抓的都是理科。苏哲认为这是天意，应该顺从。没想到竟然和李大头分在一个班级，之后可想而知，他俩把班里搅得乌烟瘴气，整天被班主任叫到走廊里痛批。

苏哲跟我说："主要是李大头太调皮，整天给女同学传字条，不过都是一些关心同学，提升情谊的话题。"

我很好奇写的什么。

苏哲说："主要是提醒'下课别忘去尿尿''手纸不够喊一声'，这都不是什么大问题。"

我更好奇，问："那为什么挨批的总有你？"

苏哲厚颜无耻地说："字条都是我写的，李大头只是代劳而已。"

林晓月知道此事，气得暴跳如雷，边骂苏哲不要脸，边扬言要把他打得亲妈都不认识。苏哲见林晓月气势汹汹地举着拖把赶来，便一路狂奔跑进保卫室寻求保卫，却不小心打翻了桌子上一堆无人认领的信件。

然而，暖暖写给我的信，正入眼帘。

2

暖暖信中说她一切安好，让我勿念，还留下了新学校的地址，并在信件的结尾，用红色字体标注，让我一定好好学习。

我如获珍宝，反复阅读，还忍不住捧在脸上嗅着她残留的气息。

这种失而复得的欢悦，真得难以言表。

信中的日期是开学之际，已经过去了一个多月。那时我正好分科换了新班级，旧班级早就查无此人，收不到信件也是情理之中，还让我白白焦虑了那么久。

我想，这真是天意，如果不是苏哲，或许我跟暖暖就会彻底失去了联系。为了表示感谢，我请苏哲、林晓月、李大头在校门口附近吃了一顿刨冰，顺便让林晓月消消火。林晓月起先不想来，经过我的多番游说，勉强来了，不过只吃到一半，就不吃了。

苏哲说："别浪费，不行就给我，我不嫌弃。"

林晓月二话不说，直接甩他脸上，还说："让你不要脸，好好给你洗洗脸。"

之后，苏哲不敢再胡闹，即便想胡闹，也只能亲力亲为。他私下告诉我说，他怀疑林晓月知道此事，估计是李大头告的密。

我说："你想多了，肯定不是李大头。"

苏哲说："不是他还能有谁，上一次就跟林晓月合伙耍我。"

我说："这次真不是李大头，是我，包括林晓月把刨冰砸你脸上，也是我出的主意。"

苏哲很无语。

我和暖暖开启了频繁的书信往来。

每次收到暖暖的来信，我心里宛如阳光普照，敞亮而快意。我还会故意显摆一番，唯恐周边的同学不知道我的幸福和得意，显然膨胀了我的虚荣心。

可是，我的文笔太差，字体也丑，说不出什么冠冕堂皇和引人入胜的大道理，只能用白话描述一些不疼不痒、嘘寒问暖的话题。这让我一度颇有危机感，我担心暖暖会嫌弃我没有才华。虽然我确实毫无才华可言，但是连基本的写作能力都不具备，简直贻笑大方，也太丢人现眼。

于是，我开始每晚睡觉前偷偷摸摸地读小说。那时我不读外国小说，主要是名字太难记，容易混淆。我只读国内当红的青春爱情小说，简单明了，不需动脑，而且带着功利心去阅读。事情往往如此，一旦目的明确，就会格外用心，也将事半功倍，所以，我只读了几本书，下笔就有了很大改观。

暖暖来信夸我文风突变，仿佛换了一个人，就连错别字都没了。如果不是字里行间的口吻跟我平日说话一样，她说她都怀疑是别人代写。还质问我之前写的几封信，是不是故意没有用心。

我回信说：天地良心，我就是糊弄天，糊弄地，糊弄我自己，我也不敢糊弄你。

暖暖回信说：你的意思是，我比天大，比地大，那么你就得听我的，好好学习。

每次我都在信中口头答应，从不付诸行动。有时我在想，我是在糊弄她，还是真的无可救药了？

期中考试，我如临大敌，最终丑态百出。

父母以为我历经一个暑假的题海训练，这次的成绩铁定能够大幅提升。如果不提升，说明题海训练还不够凶猛，他们将变本加厉，再接再厉。

重压之下，我想出奇招。上午我考完还算满意的语文之后，中午从厨房翻出一包过期一年之久的香肠，打开吃上两根，因为我怕多吃会被毒死，又怕少吃没有效果。深思熟虑也恰到好处，下午数学考试开场半个小时，毒性如期发作，腹中绞痛难忍，令我冷汗直冒，坐立不安。监考老师以为我在作弊，对我提出两次警告，还说按照学校规矩，必须扣我20分。我无力辩解，实难坚持，提前交卷，跌跌撞撞冲进厕所。

阅卷的时候，老师犯了难，总共得了18分，不够减。然后跟身边几个老师商议，人越多越容易秉公办理，最后批给我一个负

2分。

本想借病脱责,却一夜之间沦为全校的笑柄。

父母觉得丢人至极,问我是不是想死,还说有很多办法可以将我置于死地。我谎称肠胃炎没好,祈求病好之后再对我下手。父母觉得有点道理,但是心中恶气必须释放,于是围绕香肠是谁买的、为什么过期不扔吵了一架又一架。

这一劫,我侥幸逃脱,还自作聪明地当成笑话,写在信里讲给暖暖听。结果那天之后,我就没有收到过她的回信。

我每天跑到保卫室询问信件,都是失望而归。我每次翻阅无人认领的信件,最终都是心灰意冷。

看来,我是做错了什么!

3

苏哲认为我可能是被抛弃了。

苏哲给我分析,被抛弃要具备两个要素:

一是人为的抛弃,比如有人变了心,显然我没有,暖暖有没有,我只能猜测。像暖暖这么漂亮的姑娘,肯定不乏男生追求,所以,我曾在信中问过有没有男生追求的问题,她从不回复。

二是非人为的抛弃,比如通信被阻隔,无法亲收。即便暖暖收不到我写的信,起码她写给我,总能收得到吧。显然这条不成立。

既然第二条不成立,那只能是第一条。

最后苏哲总结说："节哀。"

我无法节哀，我近乎发疯，我感觉失去了所有的所有，一切的一切。不过冷静下来一想，一直都是暖暖在付出，在努力，在用心，而我畏首畏尾，且从不顾及她的感受。得此下场，我实属活该。

林晓月也说我活该。还不忘含沙射影地提醒苏哲："如果再敢传字条，肖遥的今天，就是你的明天。"

林晓月说到做到，第二天，他俩也分了手。不过不是因为传字条，而是第三者插足。

苏哲班里有个女生，早就被苏哲独特的字条魅力所吸引，认为他这种充满调侃气息的勾引，简直帅得无可挑剔。于是她把苏哲传过的字条，收集一起，整整齐齐地贴在日记本上，还写满了对苏哲的爱慕之情。然后趁着放学之际，在人群中交给了苏哲。

苏哲一看不是贵重东西，便要丢还回去。二人正在推让，林晓月走上前一把抢去，翻了几页，面色由愤怒变平静，然后是不可思议的冷笑，接着摔在地上，一句话也没有说，转身离去。女生顿时明了，也悻悻离开。

随后，苏哲让我帮忙劝和。

我说："我自身难保，还得靠你自己。"

苏哲说："我如果自己能处理，还用得着你？"

我去找过几次林晓月，林晓月从不搭理。也就从那天开始，我再也没有见过林晓月那没心没肺的笑容。

苏哲失恋后跟我说："无论平日如何打闹都伤不到要害，只有沉默不语,才是真的伤透了心。"

我觉得后半句,也很适合我。不过我没有苏哲的本领,他可以同时伤害了两个女生的心。而我是该羡慕?还是该自责?

4

寒假的一个周末,天气转冷,乌云笼罩,第一场雪呼之欲来。

这种气氛特别容易感伤,我又一次梦见了暖暖。以前梦到她,都是欢乐的场景——虽然醒来全是悲伤。这次不同,梦里暖暖一直呼喊我的名字,还说非常想我,而我却看不见她的样子。我在手足无措中惊醒,坐在床上一直无声地叹息。

随后,电话铃响起。父母去加班,只剩我自己。我趿拉着拖鞋,无精打采地接听。可我听见,电话那头正在用随身听播放着张信哲的《依依不舍》。

当歌曲演唱到:

你听不到我的内心,碎得我都不敢碰。

你想不到我的沉默,压抑着多少话要说。

爱不能有,泪不能流,你教我这种日子怎么过。

舍不得你,所以才会骗了你,也骗自己。

其实我也知道只是我,没勇气面对问题……

我瞬间崩溃了,这几句歌词一针见血地描述了我的心情,令我浑身酸软无力。自从暖暖离开,我没勇气听这首歌,我怕我会哭。不过细想，印象中我好像就没有痛哭流涕的记忆。

当初暖暖离开的那个夜晚，我一直认为我会痛哭一场，却没有。暖暖不再给我写信，我失魂落魄，憔悴到瘦了十几斤，我也没有掉下半滴眼泪。这么久以来，我始终坚持睡前默念暖暖的名字，我以为我会在梦中哭醒，一次也没有。都说伤到深处便落泪，看来还不是时候。

歌曲结束后，电话那头一直沉默不语。

我紧握着话筒，激动得浑身颤抖，怜惜地说："暖暖，是你吗？你怎么不说话啊？"

我明知故问，却还是想证明一下，我怕我还在梦中没有清醒，可是刚才的心痛，却如此清晰。

暖暖说："我怕不是你接听，我怕叔叔阿姨揍你。"

我说："我不怕挨揍。"

暖暖笑着说："肖遥，今天是我生日。"

12月14日，我永远记得这个日子。我马不停蹄地洗漱、整理，还给母亲打电话撒谎说要买学习用品。

母亲问："需要多少？"

我说："五十。"

说完就后悔了，不过说多了她也不信。

母亲让我去床头柜的抽屉里取，我以为会有几百块钱，没想到全是零钱，数了数正好五十，看来连路费都不够。于是我把抽屉里的一条香烟，拿到门口的小超市卖了两百块钱。我知道父亲一定不会轻饶了我,我无暇顾及。临走前我还顺便跟老板要一个土豆,老板很大气,让我多拿两个。看来,他占了我不少便宜。

回家我把炒好的酸辣土豆丝放进食盒,外面已经飘起了雪花,寒风席卷着残雪扑面而来,而我心里温暖,顾不上换厚厚的棉衣,骑着自行车风驰电掣地赶到汽车站。半路上,我多次差点滑倒,却毫不在乎,总觉得浑身有使不完的力气。

两个小时,我先乘坐公共汽车又转坐人力三轮,终于抵达暖暖所在的中学。我远远地看到她站在寒风中,红色的羽绒服上覆盖了一层薄薄的雪花,她的小脸白里透红,双脚一直原地踱步,看来等我很久了。我急不可待,飞奔过去,结果摔了一跤,食盒从我怀中脱落,跟我一起重重摔在地上,酸辣土豆丝也撒出半盒。

暖暖过来扶我,脚底打滑,我们相拥在一起,再次摔倒在地。剩下的半盒也彻底撒了一地。

这是我第二次搂住暖暖,没想到跟第一次一样,尴尬至极。可是暖暖笑得花枝乱颤。我们躺在雪地上望着天空,片片白雪,像一团团软软的白棉,降落在彼此的脸上,瞬间与体温交融,化为雪水。雪水集结成露珠,犹如一颗颗晶莹剔透的泪珠,从眼角流下。

暖暖说:"肖遥,咱俩这样一直躺着会不会冻死?"

我说:"冻死不怕,就怕被路人笑死。"

暖暖说:"你还是那个害羞的男孩,一点没变。"

我不知道这是夸,是骂,是取笑,还是侮辱。不过应该还有恨意吧。

酸辣土豆丝彻底失去了作用,我很是惋惜,为了让它有个体面的善终,我把它放回食盒,还像对着骨灰盒一样作了个揖。我以为我的举动,会惹来暖暖的笑意,可我看到的是她一脸的惋惜。

我安慰地说:"下回我一定要你尝尝,绝不摔倒,也决不食言。"

暖暖没有回应。

那天,我怕赶不上最后一班汽车,没法跟父母交代,只跟暖暖待了两个小时。暖暖先带我参观学校和教室,虽然是周末,很多年级照旧上课,包括高二。

暖暖说:"我请假了,第一次请假。"

我知道这是为了我,我除了感动,还是感动。

随后,暖暖把我带到了学校附近的一家既可以喝奶茶又可以吃饭的休闲吧,暖暖让我点菜,想吃什么随便点。她的照顾,让我颇为拘谨。虽然之前去青岛看日出,也曾一块吃过饭,不过苏哲他们都在。这是我和暖暖单独吃饭,令我兴奋之余,还有些慌乱和不安。

我突然意识到,我没有准备生日礼物,连连自责。

暖暖笑着说:"你能赶来,我就心满意足了。"

不过我还是不能原谅自己。我问暖暖有什么喜欢的礼物,现在就去买。暖暖只是一笑而过。后来我知道我犯了大忌,送生日礼物不要过问对方喜欢什么,要自己去琢磨,这是一种态度。还有,越贵重越真诚,这也是态度。哪怕对方毫不计较,但是自己也不能掉以轻心,这更是态度。所以,所谓的仪式感就是态度的体现。

我们坐在店里最深处的角落,有隔断,有门帘。一切关闭之后,我们两个就特别隐蔽,让我有一种安全感。我们相视而坐,聊了很多。聊的什么,早就忘记,不过她始终盯着我,时而微笑,时而深情。我没有她那般落落大方,还是会情不自禁地低头躲避,将目光不自觉地转移到餐桌上摆放的蒜薹肉丝、酸辣土豆丝和西红柿炒鸡蛋上面。

菜都是我点的,我没有考虑暖暖是否喜欢另外两道菜。那时的我,对菜品的见识只停留在这种家常小炒上面。父母不善做菜,更不喜欢做饭,平日吃的都是极为简单的素菜,即便做个肉菜,也是肉丝。父母的宗旨就是省时省力且饿不着就行,同时还苦口婆心教育我说,小时候他们在农村只能吃野菜。所以,我们家从来没有大鱼大肉,连炒鸡也只在逢年过节时见过,去饭店就餐更是几乎没有,除非别人请客。后来,我还一度以为大鱼大肉不好吃。再后来我有钱了,发现大鱼大肉还不如野菜好吃。

我和暖暖都没有动筷,看来这菜不合她的心意。我没有做到一个男人的体面,不过一想,我好像从来没有在暖暖面前体面过。

我很希望时间能够倒流,停留在彼此摔倒仰望天空的那一刻,如果可以,我希望地球在那一秒灭亡,这样我们就可以相依相偎地永远在一起。可是希望终究是奢望，我的世界没有希望。

时间一点一滴过去，我终将还得回去。临走之前，暖暖给我一张她坐在床前的照片，她四周挂满了一串串熟悉的千纸鹤，就像垂帘将她包围。而她每天躺在床上，抬头看着这些纸鹤，应该也会对我想念吧。

我说："这些千纸鹤你还留着呢？"

暖暖说："我喜欢。"

我把左手衣袖卷起，故意露出手链。

暖暖说："还戴着呢？"

我说："我喜欢。"

我和暖暖依依不舍地深情对视。许久之后，我说："我要走了。"

这句话我是试探着说的，我企图等待暖暖问我有没有什么想说的。只要这次她问了，我就算死在这里，也会说出那句迟来的"我喜欢你"。

可是暖暖没有问，我也就没有说。

暖暖微笑着目送我渐行渐远。我走走停停，不断回头。暖暖一直站在雪地里，红色的羽绒服格外刺眼，就像一轮红日，而我却逆光而行。我看到暖暖的双手一直捧着脸，不知道是为了取暖，还是在擦拭什么。

我隐约听到暖暖喊我名字，也仿佛感觉她在说些什么，可是我已经听不清晰。我的心像失重了一般，不想离去，却每走一步都如履薄冰，让我痛苦不已。

5

我以为这将是一个全新且美好的开始,不过始终都是一厢情愿。

生日之后,我给暖暖写的信,一直石沉大海。我写了多少封,自己都记不清楚了。我每一次怀揣的希望,到头来只是盼望和失望。生日那天她的眼神和对我的表现,着实让我不敢相信这是事实。可是事实就是事实。暖暖的决绝,让我想到林晓月,她对苏哲亦是如此。看来爱上一个人是一瞬间的事,离开一个人也将是一瞬间。

我越想越害怕,陷入了空前的恐慌,为了弄清真相,我去找过暖暖两次。

第一次是春暖花开的季节,她的学校恰好放假。我站在铁门外,望着满园春色,我的心情就像校园一样空空荡荡,无处释放。我把装着酸辣土豆丝的食盒挂在了铁门上,走了几步,又回来摘下,然后翻墙来到她的教室。我知道她的座位,上次她带我参观时告诉过我。我坐在她的椅子上,抚摸着她的桌子,想要感受她的气息。那种失落和苍凉,让我越发地孤独、落寞。最后,我把食盒连同我的心,一块放在了她的桌子上。

第二次是暑假的前一天,我迎着烈日,满头大汗地跑到她的班级。可是她的座位空空如也,只剩下一层尘埃。同学说她三天前刚转走。去了哪里?我问遍全班同学,无人知晓。我还是不敢相信,我找遍校园,却始终没有看到她的身影,我逢人便问知不知道她的下落。有人说不认识,有人说不知道。

如果以前我有这种勇气,何至于此!我痛恨我自己。

迎着落日,我拖着长长的影子,狼狈不堪地走出校门。就像《大话西游》里的那句经典台词:"他好像一条狗。"我心情也和"至尊宝"一样,无奈而遗憾,更多的还有无边无际的后悔不已。我总以为时间充沛,机会充足,每次都想下次见面再说"我喜欢你"。可是,从那天之后,我再也没有了机会。

风筝终究断了线,无法弥补。

我经常从抽屉深处翻出暖暖的照片,感慨万千,唏嘘不已。我每天戴着她送我的手链,反复抚摸,怀念不已。我还不时翻出她的信件,一页一页地嗅着她的气息。每一封的最后都用红笔写着硕大的四个字——"好好学习",我想我唯一能为她做的只有这四个字吧。

第四章　独自等待

1

一年之后，我的高考成绩过了本科线。这是暖暖的功劳，我突然明白了她的良苦用心，也理解了暖暖在生日那天故意制造的别离。我不知道后来的她心境如何，是悲伤，还是遗忘。总之，我已经离开了她的视线，她却是我终生难以原谅的遗憾。

人活在尘世，都有形色不一的遗憾。就像苏哲，他很后悔干的那些荒唐事伤害了林晓月，嘴上却不说。就像林晓月，她本可以考上本科，却功败垂成。

苏哲则说："活该。"

分手之后，苏哲有一段时间自暴自弃，经常晚自习拉着李大头逃课去网吧。还说这是班主任赋予他俩的权利，只要不影响其他人，他俩干啥都行。

好景不长，李大头的父亲察觉到了，跑到网吧对着李大头就是一套"组合拳"，打得李大头在大庭广众之下痛哭流涕。事后,李大头父亲还给校长打去投诉电话,要求把不负责任的班主任严肃处理。班主任受了处罚,向李大头痛诉:"说好的不影响其他人,为什么影响我?"

之后,李大头不敢逃课,苏哲依旧我行我素。

高三上学期,有几次我在教室门口遇到林晓月,她仿佛有话想对我说,却什么也没说。

我想,她应该是想说关于苏哲的事情吧。于是,我对苏哲编造了一个谎言:"林晓月让我转告你好好学习,或许会对你重新考虑。"

苏哲不屑地说:"傻子才信。"

之后,苏哲再也没有逃课去网吧。还考了一个专科,苏哲说他早就知道与本科无缘,考上专科就算谢天谢地。说完略带惆怅地说:"'疯婆子'一直标榜她很努力,现在跟我一个境遇,真是活该。"

其实,我的父母也有遗憾,他们认为我应该考得更好,可是高考期间突然发生了意外。

事情是这样的,每逢高考都遇雨季,我们麟城连续下了三天的雨。由于排水不及,雨水填满了沿街的沟壑和下水道,一眼望去,一片泽国,也留下了隐患。在考最后一科英语的那天下午,我穿着雨衣,骑着自行车奔赴考场,为了躲避一辆迎面而来的汽车,一个不慎,栽进了下水道里。当我被污水呛得头昏脑涨,连爬出来的力气都没有之际,一个身披紫色雨衣的姑娘,用一只纤嫩且柔软的手把我拽到地面，还问："有没有事？需不需要去医院？"

我蹲在地上，吐着嘴里的泥渣，不停狂咳，并挥手示意没事。姑娘这才放心地骑着一辆粉色自行车缓缓离开，而我已被污水迷离了双眼，连她的模样都没有看清。只觉得头上一阵疼痛，用手一摸，全是血。

父母借着此事，虚张声势，四处跟邻居散播说我错过了清华，错过了北大。其实，我和父母心知肚明，即便我没有这场意外，最多多考几分而已。不过气势和颜面，决不能落于人后。或许这就是父辈们的快乐。

父母说得多了，连自己都信了，打算让我复读一年，到时候考个重点大学。我声嘶力竭地断然拒绝，这是我第一次反抗，连我自己都不敢相信，父母也大吃一惊。

有时我也理解父母的初心。他们出身农村，恢复高考之后才得以进城工作，是那个年代依靠学习改变了命运的人。就像邻居王新，据说还没从清华毕业，就被五百强企业提前录取，年薪更是惊人的六位数。所以，他们坚信的道理，也不无道理。不过当时我却固执地认为，父母的思想太过老化。若干年后我才明白，人生的起跑线参差不齐，只有拼命奔跑，才有可能缩短距离，而奔跑的力量就是学习成绩。

在填报高考志愿的时候，我和父母又一次产生分歧。

我执意选报青岛的大学，而父母多方打听，认为我报考青岛的大学比较危险，稳妥起见，不如选择省内的一所师范类大学，以后当个老师，生活有保障，工作没压力。

对于未来，我还没有设想。我只想履行我和暖暖的约定，虽然我不知道她考得怎么样，也不知道她是否还记得当年的约定。我无暇考虑，一意孤行地填报了青岛大学。结果没考上，调剂到了一所师范院校的分校，说来也巧，分校正好在日照，也是个有海的城市。不知这算是夕阳落下前的回光返照，还是相得益彰。我不禁感慨，命运总是如此神奇。

李大头没有被命运眷顾。他考了全县倒数第一，父母彻底无语，连教训他的力气都没有了。

假期，李大头请我和苏哲喝酒，说："我跟父母商量好了，我要去当兵，这是我从小到大的梦想。"

那一刻，我竟然莫名地感动，也由衷地佩服，因为他有梦想。

我好像很久很久没有听到这两个字，总觉得太过遥远，不切实际。我的世界连同梦想一年前就已被毁灭，我活得就像一张被反复揉搓的白纸，折痕错综复杂，却终究勾勒不出五彩缤纷的图画。而我想要的是什么？我很清楚。可是她在哪里？

那是我第一次喝酒。我们三个坐在路边的大排档，闻着羊肉串的香味，听着嘈杂的声音，咽着苦涩的啤酒。两瓶啤酒下肚，酒精带来的飘飘然的感觉，令我酸楚而晕眩，然后吐得昏天黑地。看来，我还是那么没出息。

苏哲说："肖遥，你太累了，值得吗？"

我说:"难道你不累吗?"

苏哲笑了。

那天我才知道,苏哲嘴上表现得对林晓月不以为意,心里却一直牵肠挂肚。苏哲在林晓月考砸之后,多次打电话安慰。林晓月越听越觉得是幸灾乐祸,便在电话里面对骂几回,一直难分胜负。

林晓月说:"此刻你要是在我眼前,我非得把你打成猪头,让你没脸去上大学。"

苏哲说:"我就在你家门口,有种你就出来。"

林晓月不相信。苏哲往院子里扔了一颗石子,不偏不倚砸烂了一块玻璃。

林晓月拎着擀面杖出来,看到苏哲蹲在门口,顶着烈日,汗衫湿透。她立刻丢下擀面杖,泪洒全场。那天他俩达成一致,决定报考同一所学校。

不过苏哲却说,林晓月并没有同意和好,说是等上了大学之后再议。其实,我和李大头心知肚明,还议个屁。

2

这个假期,我每天都去网吧。可是暖暖的QQ一直处于离线状态。我的几千条留言,淹没在了网络的海洋之中,连一丝丝的涟漪都不曾有过。

我试图安慰自己,可能她上线的时候,正好我又不在。但是留言不会凭空消失，所以，我的自我安慰也变得苍白无力。

我除了继续留言，想不出更好的办法。这种漫长的等待，不像当年我和暖暖坐在海边等待日出，因为我们知道太阳早晚会出现。而彼时的等待，如同陷入深渊，没有归期。

我随后把QQ上的个性签名由之前的"温暖的暖"，改成了"16岁之后，我变成了一条狗"。这是我的心态，一直寻找回家的路，也是我的状态，希望她能看到我的落魄与狼狈。

小时候，当我有了生而为人的意识，便天方夜谭地认为，自己就是意识中的主宰。别人无法干扰和影响到我的思绪，我会在自己的思维世界里横冲直撞，随心所欲。可是长大之后，我才明白，自己只是一粒尘埃，被狂风乱吹，被大雨击落，跟乌合之众混为一谈。经过一番洗涤和沉淀，再次迎风而起，始终还是无足轻重，也无声无息的尘埃一粒。

越是期待，越是凝望，也会变得越发消极。

直到我遇到了高菡，才明白重新振作的意义。

那是一个傍晚，我一如往常地带着失望走出网吧。看着街上的路人，有的匆忙，有的懒散，有的止步不前。那段时间我喜欢观察行人，我在猜想他们在为何奔波。我也在想，我这又是为何，是不是在期盼一个熟悉的身影从天而降。此时，一辆飞驰而过的自行车闯入眼帘，我一眼便认出那辆粉色自行车。骑车的是一个姑娘，暗淡的天空，让我看不清她的模样。我骑上车子去追，可能是过于着急，蹬得太过用力，车链子掉了。而她也消失在人海之中。

第二天下午，我常去的那家"麟城"网吧人满为患。我便转去另一条街的"旺旺"网吧。我刚把自行车锁好，就看到那辆粉色自行车也在。

我在网吧寻找这个姑娘，姑娘太多，很难辨认。还有几个抽着烟骂着脏话的女孩，误以为我不怀好意，对我不时瞥出不屑的眼神。为避免尴尬，我开始上网，却始终心不在焉。其间我跑出去看了几眼，粉色自行车一直都在，而网吧里的女孩也在不断更替。我锁定了两个没有离开的姑娘，她俩一直在酣畅淋漓地组队打游戏。我料定，其中一个就是。于是借来网管的话筒，对着众人说了一句："门口的粉色自行车是谁的？有人在撬锁。"

很多人并不在意，也有一些人担心自己的自行车被偷，出去一探究竟。而那两个姑娘纹丝不动，一直窃窃地笑着。其中一个姑娘对我说道："我的自行车压根就没上锁。"

她就是高菡，一个长发披肩、皮肤白皙、圆脸俊俏且打扮时尚的姑娘。另一个姑娘叫小雨，是她最好的闺密。两个人的关系就像我和苏哲，也感觉比我和苏哲关系更好。

我说出故弄玄虚的本意，只是为了当面致谢。

小雨挡在高菡前面质问我："谢什么？有什么值得谢的呢？如果没有合理的解释，只能说明你图谋不轨。"

我说："救命之恩，算不算？"

高菡说："其实，你刚才拿话筒说话的时候，我就认出了你。"

小雨一头雾水，显然高菡没有说过我掉进下水道的糗事，为我保留了颜面，我用眼神表示感激。

然而，高菡若有所思地看着我说："我感觉以前见过你，却一时想不起来在哪里见过，不过不是上次。"

这种类似的事情，或者感觉，我也遇到过。很多次我路过某个陌生的地方，总觉得来过，可事实却是第一次来。还有很多人，明明不曾见过，却总感觉莫名地眼熟。这很奇妙，也很诡异。于是，我把这种印象归为空间错位，也可以叫上辈子的记忆残留。

高菡认为我胡说八道的言论，很有道理，笑着问："你的意思是，咱们上辈子就认识？"

我说："可能是上辈子我救过你，这辈子你才会救我，扯平了。"

高菡说："偷换概念，油腔滑调。"

3

那天的相识，我应该给高菡留下了不错的印象，当即便成为朋友。高菡和小雨跟我不是同校，也是这一年的高考毕业生，她们俩一同考进了青岛大学。我想说我差一点跟她们成为校友，却没说，我怕小雨说我图谋不轨。

说真的，面对高菡，我浑身放松，无拘无束，主要是心无杂念。可是面对小雨,就会小心翼翼。因为她始终认为我对高菡的搭讪,目的不纯。我发誓说,这叫幽默。

后来,我每天去"旺旺"网吧陪她俩打游戏。这是高菡的意思,让我有事没事一块玩。我不理解有事没事是什么意思。小雨说有事也得来,没事更得来,反正她俩天天来。

于是,我每天下午一边挂着QQ号,一边打游戏。一个是守护,一个是陪护,也让我觉得没那么孤单。间或,高菡会出去买雪糕,买饮料,每回都有我的份儿,让我感受到久违的贴心。

同时,小雨对我吹毛求疵地说:"你有手有脚,就是没有眼力见儿。"

我说:"你也有手有脚,也没有眼力见儿。"

小雨怒拍键盘说:"我是女的,你是不是个男的?"

之后,我便乖乖地主动出去买东西。

高菡不仅经常请吃零食,还请吃火锅。说来惭愧,这是我第一次吃火锅,像个傻子一样,怯生生地蜷缩在桌角,看着高菡和小雨娴熟地调着蘸料,然后照搬模仿。

高菡说:"放那么多辣椒,看来你跟我一样喜欢吃辣。"

看来我放错了,为了遮掩,我咬着牙说:"还可以吧。"

饭店空调的冷风和锅底升起的热气,交织一起,再加上肥牛和羊肉的香味,在空气中厮杀弥漫。我躲在雾气后面,看着对面的高菡和小雨吃得欢天喜地。

高菡问:"为什么不吃?不喜欢吃吗?"

我急忙拿起筷子说:"你不发号施令,我哪敢动筷。"

小雨不屑地说:"这也叫幽默?这明明就是献殷勤。"

我给高菡和小雨分别夹了一块肥牛,说:"这才叫献殷勤。"

高菡说火锅是她的真爱,没有之一。那一刻,我突然想到暖暖最爱的酸辣土豆丝,也是没有之一。真爱和最爱,是不是有所不同,我在思考。

高菡打断,问我:"你的真爱是什么?"

我没有回答。

小雨说:"刚不是挺能言善辩吗,现在怎么不灵了,看来你的真爱,肯定是美女。"

我说:"你们俩都是美女,难道都是我的真爱?!"

小雨骂:"滚。"

高菡则喊服务员:"上啤酒。"还说为了惩罚我的口无遮拦,非要把我喝高。

我以为两个姑娘家家,能奈我何。可是我低估了她俩的酒量,也让我第一次见识到,女的一旦能喝,比男的更凶猛。我喝了三瓶啤酒,便举手投降。不过我没有吐,我怕出丑,极力克制。

高菡一直手舞足蹈地推杯换盏,还不时发出笑声,声音爽朗有力,清脆透明,颇为豪气,让人一听就能识别出来。

我突然觉得,如果她是暖暖那该有多好。

随后又倒满杯中的酒,一饮而尽。

我不知道这杯酒的意义,是缅怀过去,还是致敬未来,总之,我内心一团火,烧得我心痛如割。我冲进厕所,吐了起来。

之后,我和高菡、小雨也相继吃过几次饭,每次都是火锅,没想到她如此专一。

有一次,我忍不住好奇,问她难道就没有吃腻的时候吗?

高菡说:"这才叫真爱。"

好像很有道理。

如果把火锅比喻成人,那真爱的意义就是绝不生厌,绝不放弃。即便被锅气熏得满身杂味,也毫不在意;即使调制过的蘸料味道不一,依旧吃得畅快淋漓。还有,绝不挑剔。

那我呢,如果暖暖作为我的真爱——不,没有如果——暖暖作为我的真爱,我是不想放弃,可是她杳无音信,弄得我没有头绪,只能说我不是她的真爱。我只是一个过客,就像火锅腾起的雾气,虽然飘荡着麻辣的香味,最终还是跟空气化为一体。

想到这里,我就忍不住多喝几杯。

高菡问:"你有心事?"

小雨说:"故作深沉。"

我说:"男人的事,你们不懂,'男人婆'的事,你们最懂。"

"切。"她俩嗤之以鼻。

我透过挂满雾气的玻璃窗,望着外面若隐若现的景象,我的眼神也恍恍惚惚。我突然觉得有个戴着鸭舌帽的姑娘,很像暖暖,正伫立在马路对面的杨树下凝视我。我来不及擦干玻璃上的水气，急忙跑了出去，人已经不见了。我左顾右盼，心猿意马，看来都是幻觉。

回到饭店，高菡问："干吗去了？"

我说："看到了一个美女。"

高菡说："那得举杯庆贺。"

可是我一口也喝不下去了，满脑子都是刚才的景象。我一直看着对面，期待下次幻觉的出现。

每次吃饭都让高菡请客，我着实难为情。我是个男的，不能像小雨一样吃得理直气壮。这次，我去结账发现钱不够。幸好没被看见，要不然真丢脸。不过一想，不结账更丢脸。于是跟收银员沟通，希望宽限一下，明天把钱补上。

服务员指着高菡的背影说："那个美女刚才趁你不在，已经把账结了。"

人一旦有钱就显得自信满满、豪情万丈，尤其是姑娘，要是出手豪爽，更显得光芒万丈。我总感觉高菡身上有花不完的钱，看看我自己整天捉襟见肘，着实羡慕，也很钦佩。所以，在高菡面前，我就像个跟班。

高菡曾说："如果我是男的，你一定是我小弟。"

我抱拳行礼说："对，你就是我大哥。"

高菡很得意。

4

后来,我还真见识到了高菡的"大哥"气魄。

那天下着小雨,我来到网吧,没有看到高菡和小雨,便一个人打开QQ,静静守候。不知何时,高菡从后面冷不丁地说:"你这是等哪个美女上线呢?让我瞅瞅。"

我急忙关掉窗口,说:"我以为你俩不来了呢。"

高菡说:"没事,你就当我没来,别耽误你的美事。"

小雨也在一旁帮腔说:"你也当我没来,赶紧继续。"

这时,从门口闯进三个被雨淋湿的青少年,个个表情凶煞,四处找人,一看就是来打架的。那个年代,这种情况稀松平常,没有哪个网吧不打架,没有哪个学校门口不聚众斗殴。看到这种情况,很多人无心上网,都探出脑袋观望。很快一处单间就传来了激烈的打斗声,网管正好去了厕所,没人制止,场面很是混乱,几人一直从单间打到大厅。

我这才发现挨打的竟是程飞。他寡不敌众,腹背受敌,想跑又跑不了。我上前劝阻,却被一个"黄毛"推倒在地。我再次上前,又被一脚踢了回去。

高菡扶着我,怒斥对方:"还有完没完了,再打我就报警了。"

"黄毛"反手就是一巴掌。我上前迎挡,不偏不倚地打在了我的脖子上。高菡彻底怒了,抄起手边的可乐瓶子、键盘、鼠标、椅子等,能拿动的全砸了过去。

事后,我们被带进了派出所。我第一次来这种地方,格外紧张,也很恐惧,而高菡一直伶牙俐齿地辩解。随后,高菡的父亲来了,是小雨通知的。警察经过一番盘查核实,又调出网吧监控录像,便将我和高菡放了出去。

高菡上了一辆黑色奥迪车,在关门之际对我回眸一笑说:"今天打得真过瘾。"

这让我不禁想起打长发男生的情景,如果没有程飞,我不知道会被打成什么样子。于是我坐在派出所门口的台阶上,一边避雨,一边等待程飞。

天黑之后,雨渐渐停了。程飞带着满脸干涸的血迹出来了,我不忍直视他的惨烈,买了一瓶矿泉水,帮他清洗干净。

程飞问:"有烟吗?算了,知道你没有,有钱吗?"

我掏出仅有的八块钱,程飞在小卖部买了一盒"白将军"和一个打火机,把剩下的两块钱又还给我。

我们俩蹲在街边,程飞抽着烟说:"今天幸亏有你,要不然我就被干趴下了,以后还怎么混。"

我没有问他跟那三个家伙有什么恩怨。程飞说他根本不认识这三个家伙,还说得罪的人太多,估计早就被盯上了,正好趁他落单,才下的手。

我问程飞:"高考成绩怎么样?"

程飞只说了俩字:"别提。"

他随后转移话题说出来混迟早要还,还说行走江湖,身边就得多带几个兄弟，满口都是香港电影《古惑仔》里面的台词，让我觉得特别遥远，也越发陌生。

程飞连抽两根烟之后，掏出手机，拨打了几个电话，一听就知道打给他的兄弟。还问我要不要跟他一块去喝酒，他的兄弟请客。

我没有去，也劝他别再混了。

程飞说：" 江湖有江湖的规矩，你不懂。"

我看着程飞一个人穿过马路，在黑夜中行走，心里一阵感伤。想起当年，我和苏哲、程飞一到放学就凑钱去小摊儿上买雪糕，一人一口，笑容洋溢。暑假我们一块去河里游泳，有一次苏哲差点被淹死，我吓得手足无措，是程飞用棍子把苏哲拉上了岸。还有一次，我们商量好从家里偷钱去打游戏机，结果走漏了风声，被父母们堵在游戏厅里，打得四处乱跑。还有很多很多的美好回忆，可是只能成为回忆。

三天后，苏哲一早火急火燎地跑到我家，问："你家电话怎么打不通了？"

我说："一个多月前就停用了，现在什么年代了，父母都用手机。"

苏哲说："难怪。"

我问："什么事？是不是林晓月又把你甩了？"

苏哲说："你知道吗？程飞把一个染着黄头发的小子打成了重伤，昨晚被警察抓走了，估计这回得判刑。"

那一刻，我没有感到丝毫意外，却有一股说不出来的释然。

我想，程飞说得对，出来混迟早要还的。

我以为高菡父亲把她从派出所接走，肯定不会让她再四处乱跑。我也就没有去"旺旺"网吧，改去离家较近的"麟城"网吧。

那天，我刚打开QQ，高菡就给我发来消息，质问我这几天为什么不来打游戏，是不是怕"黄毛"寻仇。

我回复："黄毛"已经成了重伤，现在躺在医院里。

高菡：怎么回事？被谁打的？

我把程飞的事情说了一遍。

高菡：你这个朋友真够硬气，我爸听派出所说，那天他不仅没有指证"黄毛"他们，还一口咬定只是闹着玩，不是真打架，所以也就不了了之了。

我：程飞是想按照江湖的规矩，江湖的事江湖处理。而他终将害了自己。

高菡：你想帮他？

我：我帮不上，我没这个能力。

高菡：好吧，我来想办法。

高菡找来一个律师，是她父亲的多年好友，也是她父亲公司的法律顾问。高菡称他为"王叔"，也让我一块跟着叫。随后我们三个去了程飞家里，他家已经一地鸡毛，程飞父亲正坐在椅子上无助地唉声叹气，程飞母亲躲在卧室一直哭哭啼啼。虽然多年没有见面，但他们还能一眼认出我，并叫出我的名字。这让我觉得既亲昵又酸楚，也不禁想起当年，我和苏哲没少来他家吃阿姨包的大肉包子。

程飞家是双职工家庭。前几年还行，旱涝保收，生活稳定。这几年企业效益不好，程飞的母亲下了岗，专职照顾常年卧病在床的程飞爷爷。家庭状况一年不如一年，所以对于程飞的事，家里根本有心无力。

王叔表明来意，程飞的父母感激不尽，差点就要跪下。那一刻，我看到高菡流下了眼泪。

这也是我第一次见到她柔软的一面，泪珠被阳光折射出善良的熠熠星光。

5

有时我也想，我从不流眼泪，是不是在掩饰我内心的软弱，还是说我本就是铁石心肠的人。可是当我再次听到那首熟悉的《依依不舍》，情绪终究还是无法控制。

那天小雨过生日，请客去KTV唱歌。我不想去，主要是我没去过这种地方，只在电影和电视里见过，我怕我会露怯。

小雨说："你是故意不想送我生日礼物吧？"

被她一激，我来了斗志，问高菡："小雨喜欢什么？太贵的我可买不起。"

高菡说："喜欢的我已经买好了，不过鲜花好像小雨还没有收过。"

于是，我跑到花店买了十枝玫瑰。一想，不能只便宜了小雨，又买了十枝玫瑰。

我来到KTV的包厢，里面除了高菡和小雨之外，还有三个男生。一个长头发，一个眼镜男，一个小胖子，我一个都不认识，都是她们的同学。那时我才知道，这聚会既是给小雨过生日，也是给高菡送行。高菡后天就要去青岛，她母亲想提前一周陪她过去适应一下。

我把怀里的两捧玫瑰，一个送给了小雨，说生日快乐。一个送给高菡，说花店促销，买一送一。

我的玩笑话太过俗套，导致高菡很不开心。小雨却很兴奋，并对我还以拥抱大礼。我在受宠若惊之余，为了化解尴尬，上前又轻轻拥抱了一下高菡，还在她耳畔说了一句："促销的花送给了小雨。"

高菡拍打着我的后背，笑着说："你太坏了。"

然后她拿起话筒，点唱了一首萧亚轩的《最熟悉的陌生人》。歌声很美，不可方物。当她唱到那句"为了寂寞，是否找个人填心中空白"的时候，我突然有一种负罪感。对于我的主动拥抱，我难以置信，对于我莫名其妙的勇气，我只能用"疯了"来形容。不过，距上一次跟暖暖在雪地里的无意拥抱，已经时隔一年半，我想我应该是长大了吧。都说只有遇到一些经历，才会增长一些经验，也会获得一些收获。看来，我收获了勇气。

那三个男生从我进来，眼神就格外排斥，此刻变成了浓浓的敌意。我本就不擅长跟陌生人主动攀谈，所以也造成了他们一派，一致对外；我自成一派，格格不入。

小雨凑过来说："他们都是高菡的追求者，一群凡夫俗子，根本不配。"

我说："看出来了，幸好我不是。"

小雨说："你不是，也不配。"

我说："我呸——我是说我不是追求者。"

小雨说："不是更好，刚才我一个不慎，让你占了高菡便宜，是不是很得意?！"

我说："刚才我也一个不慎，让你也占了我的便宜，是不是也很得意?！"

小雨说："我呸——"

吐了我一脸啤酒。

高菡唱完，意犹未尽地说："有一首歌，估计有人可能没听过，这歌一直不温不火，但是我很喜欢。"

前奏一响起，我就听出是张信哲的《依依不舍》。看着高菡忘情地演唱，我的心情格外复杂。虽然包厢阴暗逼仄，别人看不到我脸上的仓皇，可是内心的不安，令我如坐针毡。

我走出门后，靠在金碧辉煌的墙壁上，闻着香水和啤酒的味道，看着走廊里炫目的灯光。隔壁的包厢有音乐飘荡，歌声混杂，但我依旧能够清晰地听见那熟悉的旋律。

高菡唱完之后出门找我，颇有微词地质问："为什么不好好听我唱歌，太不够朋友。"

我说:"还有三个男性朋友,不缺我一个。"

高菡笑着说:"你也唱一首吧,我帮你点歌。"

我说:"我怕吓死你。"

高菡说:"顺便吓死他们。"

我说:"他们会打死我。"

高菡说:"有我在,没人敢。"

玩笑归玩笑,我还是问了一句:"后天真的要走?"

高菡说:"真的。"

看来没有不散的宴席,不过好像我从来没有摆过席面。于是我问高菡:"明天还去上网吗?正好晚上请你吃饭。"

高菡说:"明天我有事,这顿饭先欠着吧。没想到分别之前,还能收到鲜花,谢谢你,肖遥。"

说完,她把我拉进包厢,说要再唱一遍《依依不舍》。

我不明白她为什么非要唱这首歌,看来如她所说,真的很喜欢。就像火锅是她的真爱一样,不会生厌。可是电视上的歌词对我来说,字字诛心。字幕来回滚动,就如齿轮反复碾压着我的思绪。我仿佛明白,高菡在以此告别。

如此之巧,甚是可笑。世界太小,都是囚牢。

6

一个问题在我脑海中曾一闪而过:如果没有暖暖,我喜欢的第一个人会是谁,是高菡吗?我想应该会吧!她身上有太多太多无法抗拒的优点。她的善良，她的自信，她的甜美，她的笑声和歌声，还有她掏钱时的姿势。不过小雨说得对，我不配。从头到脚，从内到外，一点都不配。

有时我会想，暖暖会不会只是我的一场幻想。就像上次，我隔着玻璃窗感觉对面就是她，可是什么也没有。就像我一直坚持给她留言，也是什么都没有。

苏哲曾说她音讯全无，要么是她不想再联系，要么是QQ号被盗了。

我不愿接受第一种情况，可是第二种状况也不是好事。虽然QQ号被盗，我和苏哲、李大头都曾遇到，在那些年实属屡见不鲜。可是一旦失去这唯一的联系方式，第一种情况迟早会成为现实。

苏哲建议我应该去寺庙拜拜，祈求神灵保佑，或许真能见上一面。

我想，这可能是最后一个办法了吧。

小雨生日后的第二天上午，我骑着自行车去了金山寺。这个金山寺不是法海那个寺，是我们麟城西边三公里外的寺庙，里面有个金山大殿，供奉着金山圣母，香火一直很旺。

我跪在金山圣母面前学着旁边信徒的姿势磕了三个头，觉得不够，又磕了三个。旁边换了人，我侧眼一看，竟然是高菡。她早发现了我，对我露出惯有的那张真挚的笑脸。

出了大殿，闻着雾气缭绕的熏香，高菡问我为什么会来这里。我肯定不能说出实话，转移话题说："你说的今天有事，原来是搞封建迷信?"

高菡让我赶紧闭嘴,说:"别乱说话,亵渎了神明祈愿就不灵了。"

我问高菡祈的什么愿。

高菡说:"不能说,说了就不灵了。"

寺庙门口有个卦摊,卜卦的是一位鹤发童颜的老人,再加上仙气飘飘的装扮,生意一直很好。我和高菡出于好奇,凑过去看热闹。看着看着,我俩便想试一下。

老人问我想卜什么卦。

那个年龄的我对于事业和学业,远远没有对爱情那么在乎,却又怕高菡取笑,便小声说:"姻缘。"

我抽取的签文:伊是良人,可娶嫁之,既成好事,白头偕老。

老人解释说:"你眼下的有缘人是前世姻缘未了,今生再续前缘,不过要几经波折,才能终成眷属,白头偕老。"

我似懂非懂,不过也听出这是个好签。

等到高菡抽完之后,我伸头去看,她不让,把我推到一边。可她只看了一眼签文,极为惊讶地看了我一眼,接着把卦签还给老人,连解卦的程序都免了,拉着我匆匆离开。我真的很好奇,问她签文究竟写了什么。

她说:"这是个秘密。"

中午,我和高菡留在寺庙吃的斋饭。本来我想结账,打饭的小师父说:"有施主行善,斋饭免费供应一个月,今日是头一天。"然后看到高菡,又说:"就是这位女施主。"

我惊呆了,顿时对高菡又多了一分尊重。我没有问她为何做出这种大善之举,因为做而不言,才是真正的善举。

可是一直没能请高菡吃饭,成为我心中的遗憾。下午,我和高菡在金山寺附近的避暑洞和圣母泉转了转,一转就到了傍晚,于是我执意要请她吃晚饭。

高菡说:"好啊,不过今天不用考虑我的真爱,你想吃什么,随便。"

这一句"随便",打乱了我的阵脚,别的地方我没吃过,不知道哪家的川菜好,哪家的鲁菜地道。最重要的是,不熟悉的地方我怕身上的钱不够。为了避免尴尬,我们最终去了之前李大头请客吃饭的大排档,既有烟火气,又接地气,关键是价钱还便宜。

高菡很喜欢,说小时候她父亲隔三岔五带她来这里吃羊肉串,每次都点一百串。现在也经常来,但她父亲却没时间带她来了,太忙了,不过羊肉串还是小时候的味道。

看来,每个人都有自己的辛酸。不过我的辛酸比她更酸,小时候我吃羊肉串的串数都屈指可数,还是听苏哲和程飞说他们又去吃羊肉串了,馋得我回家大闹一场,这才闹得父母买了两块钱的羊肉串,不过什么味儿,早就想不起来了。

我们刚入座,老板认识高菡,直接省了点菜环节。先后上了两个凉菜,两个小炒,两把羊肉串,还有四个烤鸡翅。并强调知道高菡喜欢吃辣，多加了辣椒。

高菡说："张叔，不能干吃吧，再来几瓶啤酒呗，冰的。"

老板又拿来六瓶啤酒，不忘嘱咐说："少喝点，别让你爸担心。"

这个老板张叔跟高菡父亲之前是百货公司的同事，张叔是家电部的经理，高菡父亲则站柜台卖布。百货大楼倒闭之后，高菡父亲劝张叔开门店卖家电。张叔却认为百货大楼都经营不灵的家电生意，肯定没戏，便转行干起了大排档，一直干到现在。高菡父亲先在街上摆摊卖布，两年后开了家布店，七年后又开办了纺织厂。

这是高菡吃饭时告诉我的，还说这一切都是被逼出来的。当年她父亲摆摊时，没少受欺负。那年她上一年级，两个恶霸买布不给钱，还打了她父亲一巴掌。她当时正趴在板凳上写作业，永远记得那个场景。还说布店生意最红火的时候，发生过火灾，所有家当化为乌有。她父亲怀疑是同行暗中使坏，却因证据不足不了了之。她父亲一夜之间白了两鬓，心疼得高菡两天没有吃饭。高菡还说建厂初期，父亲为了资金周转，四处筹钱，很多亲戚不仅不伸手援助，还在暗地里冷嘲热讽。当年她读初三，第一次体会到人间冷暖。也是那年，她开始去金山寺祈福。

这时，我才明白她去金山寺的用意，也明白了斋饭免费的用心。

这是高菡第一次讲起父亲的事，我感受到了她对父亲的爱，我也能感受到父亲对她的疼爱。她总有充裕的零花钱，这也是父爱的一种体现。一个努力且成功的父亲，真是一个榜样，难怪高菡如此优秀而自信。也让我不禁联想，如果我的父亲也是如此，我可能不至于那么多年一直浑浑噩噩。

这是我第一次跟高菡单独吃饭，之前有小雨在，高菡从不提及家事。我想，这才是最真实的她。除了快乐，也有牵挂。

高菡说："我爸常告诫我，选择比努力更重要。肖遥，我希望你也能记住。"

高菡给我上了生动的一课。若干年后，我才真切体会到了那些话的力量和深意。不过这顿饭终究还是留下了遗憾，老板张叔死活不收钱。看来我还是欠着高菡，高菡却说："迟早会还，不用着急。"

天色渐晚，我骑着自行车陪高菡回家，越走越发觉这条路很熟悉——正是当年送暖暖回家的那条路。为了不让自己触景生情，我已经很久没有走过这条路。再次重走，心里五味杂陈。

高菡说："还记得我说过，我之前见过你这件事吗？"

我说："记得。"

高菡说："以前你是不是跟一个扎着马尾辫的女生经常走这条路？"

我问："你怎么知道？"

高菡说："你女朋友很漂亮。"

我说："年少不懂事，差点误入歧途。"

不知道为什么我要澄清——或者叫辩解，不过毫无作用。

高菡看了一眼我手腕上的手链说："她送的吧？"

我很诧异，看着高菡。高菡则突然停下，正好站在暖暖之前的小区门前，也是前方那盏无比熟悉的路灯映入眼帘。我不忍多看一眼，故作淡定地督促："怎么不走了？快走吧。"

高菡则笑着说："她在这里亲手给你戴上的那个夜晚，我正好路过看见。"

我说："不值钱的玩意儿。"

高菡说："她是想让你记着她。"

我说："那得问她。"

高菡问："她现在人呢？"

我说："鬼知道，你知道吗？"

高菡说："你去问鬼吧，我又不认识她。"

说完她又用带着恨意的口吻说："我就不明白，你为何宁愿在网上傻等，也不去找呢？"然后骑上自行车就走。

我追了上去，彼此默不作声，我不知道说什么，我也不知道高菡为什么会说出这些，思绪一片混乱。

最后，在分别的十字路口，高菡意味深长地说："世界再大，大不过人心，想找总能找得到。"

我瞬间被高菡看穿，也被她击穿。而她对我露出灿烂的笑容和爽朗的笑声，一个人在黑夜中若隐若现，越走越远。看着她的背影，我心里莫名地惆怅。同时我感觉到一双熟悉的眼睛在黑暗处盯着我，我四处打望，除了稀疏的行人，灰暗的路灯，就剩下吹拂着尘埃的阵阵夜风，我想又是幻觉吧。

第五章　过去过得去吗

1

那一夜,我失眠了。高菡的忠告一直萦绕耳旁,仿佛一道闪电,划破夜空,照进了我的内心。我想如果没有遇到暖暖,我肯定考不上大学。如果没有遇到高菡,我不会重拾希望。她们是我生命中的天使,改变着我,也在成全着我。

我决定不再守株待兔,我要去寻找暖暖。

我连续两天都去郓县。我按照之前暖暖说她父亲是一家银行分行行长的线索,跑遍了郓县的大小几家银行,都说没有一个姓温的行长。我想我真愚蠢,暖暖早就转学了,说明她父亲应该早调走了。

于是,我来到暖暖之前的中学,翻墙进去,从教师宣传栏上找到暖暖之前班主任的名字,又从小卖部买了一包香烟,来到门卫室换取了联系电话。

班主任在电话里说:"温暖?是从麟城中学转学过来

的吧？"

我说："对，就是就是。请问后来她又转去哪里了？"

班主任思索着说："应该……我想想，对了，好像是出国了吧，当时有三个同学都在那一年转学。"

我连声感谢，心情沉重。我不相信这是真的，因为这个"好像"等于不确定，不确定就说明只是一半的概率。

回到麟城，我召集苏哲和李大头出来吃饭，商讨办法，并让苏哲一定把林晓月一块叫来。

林晓月没有来。

苏哲说："'疯婆子'说她不想见你。"

我很疑惑地问："为什么？"

苏哲说："我也不知道，是不是你们俩背着我干了什么勾当？"

我说："她一直想勾搭我，我没上钩。"

苏哲说："肖遥，我跟你拼了。"

那天晚上，我们拼了很多瓶啤酒。我和苏哲都喝醉了，只有李大头说他从来喝不醉。为了炫耀他的清醒，在回家的路上骑车向我们展示大撒把，把门牙磕掉了俩。

李大头爬起来，第一句就问："有没有毁容？会不会影响参军？"

我和苏哲看着他满嘴的血，连连安慰说："不会，不会。"

接下来的两天，苏哲和李大头四处寻找暖暖的七大姑八大姨。而我去暖暖之前住的小区,询问有没有跟她家还有联系的邻居。得出的结论是,暖暖家作为外地人,在这里连一个远房亲戚都没有,跟邻居也鲜少走动。

眼看开学的日子将近,没有丝毫头绪,我也越发焦急和苦恼。

苏哲和林晓月如愿考入了济南的一所专科院校,开学比我早两天,我和李大头去火车站送行。

我说:"你俩这算是比翼双飞,还是夫唱妇随?"

苏哲嘿嘿笑着说:"妇唱夫随。"

李大头张开漏风的大嘴说:"林晓月怎么看着不太高兴?"

其实,我也发现了她的异常,在我和李大头来到之前,她和苏哲还有说有笑,打打闹闹。我一出现,立马歪眉瞪眼,义愤填膺。我试图跟她说话,她则转身不理。我颇为不解,我哪里惹怒了她?还是苏哲干了什么坏事,扣在了我的头上?

火车呼啸进站,苏哲拎着行李和林晓月上了火车。我和李大头挥手告别,林晓月骂了我一句:"肖遥,你臭不要脸,你对不起温暖。"

我愣住了,以为是火车的轰鸣,令我耳鸣,造成了幻听。

李大头也愣住了,问我究竟干了什么?

我说:"你也听到了?"

李大头说:"我只听见前半句,难道她真的勾引过你?难道你们三个三角恋?那你真是臭不要脸。"

林晓月的后半句话困扰我许久,我却参悟不透究竟是何原因。

上大学之后,我给苏哲打电话,让他无论是卖身还是卖肾,都要帮我套出实情。苏哲说他不是不想帮,实在帮不上。

我问:"为什么?"

他苦恼地说:"一言难尽。"

我同宿舍有个叫侯明的舍友,五大三粗,虎背熊腰,看着是一介莽夫,却是电脑高手。军训时,我请他喝过一瓶可乐,他跟我说互联网时代想要找人可以通过"人肉搜索"。我又请了他喝了一瓶可乐,他便主动帮我在网上"人肉搜索"暖暖的踪迹。一直到国庆放假,始终没有下落。

侯明很惊讶,说:"奇了怪了,奇了怪了。"

我问:"怎么奇怪了?"

侯明说:"凭空消失,查无此人。"

假期我回了家,本来我不想回去,回去全是压抑,不如在学校逍遥自在。可是,李大头打来电话说有一件非常非常重要的事情要当面告诉我,让我一定要有心理准备。

苏哲给我打电话也说,林晓月也有一件非常非常重要的事情想当面说,也让我一定做好心理准备。

我说:"你是不是跟李大头串通好,打算戏弄我?"

苏哲无辜地说:"李大头戏不戏弄,我不知道,我这个电话是'疯婆子'让我打的。"

我说:"林晓月不是不搭理你了吗?你俩又跑一块去了?"

苏哲骄傲地说:"不看看你哲哥我是谁。"

我脑海中浮现出他在林晓月面前摇尾乞怜、低声下气的画面。不过我很羡慕,他还有人可以如此,而我只能在脑海中幻想罢了。

看来谜团终将揭开,我心里很是忐忑,也越发不安。

回到家的当天晚上,我们几个齐聚一堂,还是张叔的大排档。张叔一眼就认出了我,上菜之前先赠送了两个凉菜,还不忘问上一句:"怎么没见高菡?"

我腼腆一笑。

高菡去青岛之后,我们就没有了联系。在网上遇到过两次,也是没有说话。我不知道跟她说些什么。我想,她也是这样想的吧。她想说的,临走前的那晚都已经说透了。这样也挺好,也只能如此。

苏哲挨个派发着筷子,一直追问:"谁是高菡?男的女的?"

林晓月阴阳怪气地说:"女的,还很漂亮。"

我看了林晓月一眼,很好奇她怎么知道。

还没来得及询问,李大头抢先说道:"那正好,反正肖遥的女神去了美国。"

我顿时愣了。

这就是李大头非要当面说的事情。侯明也跟我说"人肉搜索"没有结果,极有可能人在国外。所以,当李大头让我有心理准备的时候,我已经有所察觉,但我还是抱有最后一丝希望。于是连问李大头："你怎么知道？你怎么知道？你怎么知道？"

李大头说他表哥跟暖暖父亲在同一个单位，顺藤摸瓜获得了暖暖的信息，还说暖暖高二还没读完就出国了。

我不敢相信，脸色瞬间变得阴沉，还没喝酒就觉得头晕脑胀。

林晓月说："这是真的。"

2

林晓月交给我一封信，我知道一定是暖暖留下的。我想拿到没人的地方看。

苏哲说："没那个必要，我们都看过了，就差你了。"

看来最糟糕的结果，当事人永远最后一个知道。我还是来到一处路灯下，魂不守舍地看着带有深深折痕的信封。朝思暮想那么久，那一刻，我却迟疑了。林晓月对我的态度已经说明一切，我真的没有胆量打开。

我从兜里掏出一枚硬币，抛掷空中，正面就看，反面就放弃。我把命运交给老天，老天却让三次都是正面。我只能顺应天意。

肖遥：

听晓月说你考上了大学，是个有海的地方，真为你感到高兴。也想在此说一声"对不起"，我们约定的事情，你做到了，我却失约了。本来这句道歉，我想亲口告诉你，我往你家里打了很多电话，始终打不通。后来晓月告诉我，你家的座机已经停用了，我的QQ号也早就被盗了。看来，这就是天意吧！

暑假我从美国回来，去过两次麟城。本想当面跟你解释，不过我看到你已经有了新的生活，再也不是当年那个羞涩的大男孩，看到你和她在一起笑得那么开心，我真的为你感到高兴，也为你祝福。想了想，还是不见为好吧。

我就读美国一家有名的音乐学校，妈妈一直在陪着我，一切挺好的。起初不适应，总是想家，现在好多了。人真是个奇怪的动物，无论在哪儿都会慢慢适应，也会把适应变成一种习惯，习惯了就成自然，你说对吧。

肖遥，你放在我课桌上的酸辣土豆丝，我收到了。说来惭愧，我还没来得及品尝你的手艺，就被同学们一抢而空了，真是挺遗憾。不过估计以后再也没有机会了，我可能不会回来了。

肖遥，你还记得当初我们刚认识的时候，你问我为什么知道你的名字吗？我现在告诉你，当时你撞在我身上的时候，苏哲喊了你的名字，我就记在心里了。

肖遥，最后我还想再喊一次你的名字，还是算了吧。

再见。

温暖

这是暖暖第一次在落款中用了"温暖",用意不言而喻。

这封信,我看了三遍,每一个字我都痛心疾首,每一句话我都追悔莫及,每读一遍我都生不如死。之前的两次幻觉,其实都是现实,暖暖就近在咫尺,我却错过了。我痛恨,我懊悔,我扇了自己两个耳光,又扇了两个。我抬头看着夜空,却看不见月亮,更看不见星星。我也不知道自己到底想要看见什么,一切如此邈远。我蹲在路灯下,发呆、恐慌、思念,还有绝望。

他们三个一直在不远处看着我,眼神带着光,就像匕首,正一层一层割开我的躯体,看我内心究竟有多么狼狈和仓皇。为了掩饰不堪和落寞,我冲他们微微一笑。笑容如何,我难以想象。我把信件塞回信封,手却抖得厉害,塞了两次才算成功。

那晚,我滴酒未沾,不知为何。苏哲喝高了,抱着李大头喊:"老婆!"李大头也喝高了,反手打了苏哲一巴掌。

苏哲问:"谁打我?"

李大头说:"你老婆。"

我和林晓月同时笑了,林晓月却说我笑得比哭还难看。我以为她会狠狠把我奚落一番,可是并没有。她表现出少有的冷静,越是如此,我越是无法面对,也更加难受。

林晓月叹息说:"你家电话停用了,真不是时候。"

我说:"跟QQ号被盗一样,一切都晚了。"

林晓月说:"我没见到温暖,她往我家打一个电话,说写了一封信让我转交给你,就放在我家小区的门岗,说完就把电话挂了,等我追出去,她已经不在了。"

我问:"她有没有留下联系方式,或者电话?"

林晓月摇了摇头说:"没有。"

接着又说:"本来我想把这件事一直隐瞒下去,我想让你一直找下去,算是对你的惩罚,后来又感觉对你不公平,还是让你知道真相的好。"

我说:"我和高菡真的只是好朋友,你不如让我一直找下去,起码我不会内疚。"

林晓月却说:"已经没有意义了。"

是啊,她说得很对,就像之前我和暖暖的约定一样,也同样毫无意义。

那晚,我不知道是如何睡着的。

我梦到了暖暖,梦见与她一同骑行回家的美好时光;梦见与她依偎在海边等待日出;梦到她在五楼呼喊我的名字;梦到我们倒在雪地里看着雪花飘落;梦到我对她大喊"我喜欢你";梦到我们深情相拥和接吻;梦到我们的结婚典礼;梦到我们生儿育女……

我把所有的美好未来,全部在梦中实现。当我醒来,一切又将灰飞烟灭。我不敢相信昨晚的一切都是真相,我以为的竭尽全力,只是一场笑话,就像这梦,醒来却变成了可怕梦魇。看来命里终有定数,缘分也有期限。暖暖说得很对,这就是天意吧。

我把戴了两年多的手链终于摘下,就像孙悟空脱离了紧箍咒。可是孙悟空是因为修成了正果,而我呢,只是自食恶果。

我看着留在手腕上的一圈白色痕迹,这里没有见过阳光,才会如此白腻,却显得跟身体格格不入。看来,这就是我为暖暖留下的最后印记。手链经过岁月蹉跎,早就失去了最初的光泽,我黯然神伤,把手链捧在手心,像是悼念,也像是忏悔。

最后我还是把手链、照片和暖暖的所有信件,全部封锁在了橱柜的最深处。

我想,这里应该会很安静。

3

整个假期,我都把自己封闭在家里,不想说话,也不想外出,更不想见人。父母没有任何察觉,还以为我关在房间是在用功学习,连争吵的声音,都在极力压低。

苏哲每天打电话,喊我出去吃饭,说有酒有妞就差我。

我说:"妞是你的林晓月,你又不给我。"

苏哲说:"回头我问问'疯婆子'愿不愿意。"

有时,我真的挺佩服苏哲。他总能大放厥词,毫无顾忌,骨子里却无比痴情,心思细腻。

苏哲见我不出门,怕我想不开,来家里找过我一次。

我说:"我死不了,我也没胆量去死。"

苏哲说:"你想多了,我是来看热闹的。"

那天，他还特意跟我讲起他和林晓月的事。

虽然苏哲跟林晓月考入同一所大学，达成了林晓月的希冀，但林晓月心有余悸，对复合只字不提。苏哲为了取悦林晓月，死缠烂打，走哪儿跟哪儿，还在学校宣扬这是他多年女友。

林晓月骂苏哲："你真不要脸，四处破坏我的声誉。"

苏哲装傻说："生育的问题，现在还早，以后再议，不过我没问题。"

林晓月说："妈的，不是生孩子的生育，是你耽误我对帅哥投怀送抱的声誉。"

苏哲很生气，大骂一句："好你个疯婆子，跟我玩多情，看我不玩死你。"

随后，苏哲开始轮番对林晓月同宿舍的张荔、杜鹃下死手，每天骚扰，先请客吃饭，被拒之后，便深夜打电话提醒对方起夜，折磨得张荔、杜鹃连连向林晓月求救。

林晓月咬着后槽牙，憋得脸通红，也开始对苏哲同宿舍的小A、小B、小C下死手，挨个邀请他们吃饭。小A和小C没敢去，小B梳理一番，哼着小曲，整装出发。结果回来后，苏哲左手拎着暖壶，右手举着键盘。小A和小C也上前帮腔说："我们都没敢去，你他妈的竟然去了。"

小B对苏哲求饶说："哥，我是帮你去打探虚实。"

苏哲义愤填膺地说："不许谎报军情。"

小B说："大嫂让我带个话，明晚八点操场见，张荔和杜鹃的男朋友说要亲手活剐了你。"

第二天晚上，苏哲赴约，并安排小A、小B、小C在暗中保护。刚走到操场，大喇叭响起："苏哲，不要脸，苏哲，不要脸……"

苏哲说他一夜成名，也身败名裂。学校误以为他干尽了十恶不赦的坏事，把他抓到保卫处盘问。最后林晓月出面澄清，才得以脱身。

我问："怎么澄清的？不要脸，可不容易澄清。"

苏哲一脸甜蜜地说："疯婆子说我的外号叫'不要脸'。保卫处当然不信，疯婆子又说，他是我男朋友，我就喜欢喊他'不要脸'。"

我感慨道："你们真幸福。"

苏哲却冷静地说："肖遥，幸福其实很简单，忘掉一个人最好的办法就是再找一个人代替。"

我这才明白，苏哲铺垫了那么多的真实用意。不过他的用心，总感觉带着炫耀的意味，令我妒忌。

苏哲又催促说："赶紧忘掉过去，找个女朋友让李大头也妒忌妒忌。"

苏哲说的也不无道理。不过，我还是需要时间。

时间是个奇妙的东西，只在相对的区间公平，没有绝对的空间公平。无论是区间，还是空间，总会有尽头。随后的一段日子，我为了转移思路，每天窝在宿舍读小说，尤其喜欢余华的《活着》。主人公福贵一生如此荒诞而凄凉，身边的亲人相继离世，他还有脸一直活下去，何况我呢。

然后，我在网上给高菡留言：世界再大，大不过人心，可是人心再大，大不过天际。

我试图向高菡传达些什么，她却一直没有回过信息。可能是我推翻了她的言论，让她无言以对吧。也或者她的QQ号也被盗了吧。

三个月后，我收到她的留言：程飞被判了四年监禁，我已经尽了力。

我回复：谢谢，我又欠了你。

我不想一直亏欠，我怕下辈子也还不清。于是趁着一个阳光明媚的周末，去了一趟青岛。出发之前，我给高菡发了一条信息，我不知道她能不能看到。当我走出火车站，见她正在出站口对我热情洋溢地挥手示意，旁边还站着一个其貌不扬的男生。

我当时很失落，也很尴尬，昧着良心说了一句："你男朋友真帅。"

高菡哈哈大笑，还是熟悉的声音，熟悉的笑容。

男生说："哥们儿，你搞错了，我女朋友是小雨。"

我心中的阴霾一扫而空，还泛起惊喜，连忙问："小雨呢？放着这么帅的男朋友不看紧点，小心便宜了闺密。"

小雨从我身后跳出来说："我在这里。"

中午，我们在附近吃了一顿四川火锅。小雨的男朋友叫王雷，特别殷勤，专心伺候饭局。小雨特别得意，并教育我要向王雷学习。

我一脸不屑地说："我学什么？你是他女朋友，又不是我女朋友，你要是我女朋友，我比王雷还殷勤。"

小雨说："你这人怎么一点没变，小心我男朋友揍你。"

高菡在我耳边小声提示："王雷心眼小，爱吃醋。"

难怪，我看到王雷的脸都红了，以为是被辣到了。

于是，我连连自责说："我改，我改。"

高菡不可思议地看着我说："你什么时候变得那么谦虚？"

我一直就很谦虚，甚至谦卑，看来高菡不了解我，或者是我自己都不了解自己。

这顿饭，我还是没能如愿请客，中途王雷已经把账结了。看来小雨教育得没错，我真该学习。

走出火锅店，高菡问我要不要去海边走走。我没有同意，说是下午三点的火车，还有半个小时就要进站。其实我在骗她，明明是六点。因为从见面开始，她的手机信息一直没停。她时而看上一眼，多数没有回复。

小雨说："追高菡的男生多了去了。"

我说："恭喜恭喜。"

其实我最想问，有没有一个配得上高菡的男生。可越是关键问题，我越是问不出口。可能这才是最真实的自己，依旧没有出息。

最后我把高菡他们送到公交车上，临走前高菡说："你的留言我收到了，虽然手链你已经摘下了，我还是能看出来你的不开心。"

高菡捕捉到了这个细节，令我始料不及。

一个多月后，我又去了一趟青岛。这次我去得无声无息。中午饭点我在青岛大学的食堂没有发现高菡的踪迹，便藏匿在了女生宿舍楼下。一个小时后，我看到了高菡和小雨，还看到了王雷和另外一个高大俊秀的男生。他们四个人有说有笑地去了超市，我默默跟在后面，并未被他们察觉。高菡的笑声，还是如此清爽，我听得清晰，感受到了她的开心。看来这个男生配不配得上她，已经不重要了。总之小雨说得对，我不配。

于是，我悻悻离开。

那一刻，我深切体会到了暖暖来麟城，却看到我和高菡在一起，心里究竟是个什么样的滋味。

我的现代文学史李老师，多次在课堂上讲："所有的结果，不是平白无故，都有原因，这叫因果循环。"而我却越发觉得，这叫因果报应。

我走到海边，沿着海岸线一直走了很久，走了很远。鞋子灌满了沙粒，我也浑然不觉。一直走到涨潮，打湿了我的裤腿，我才意识到天黑了。白天的大海一望无垠，夜晚就变得深邃无边。唯独海浪拍打沙滩的声音仍是呼啸而来，呼啸而去。不过夜晚的声音更加清脆，可能是没有城市的喧嚣干扰，更显透彻吧。

最后，我来到了曾经跟暖暖坐等日出的那片沙滩。我已经无法辨认，哪一块礁石是当初我和暖暖坐过的。

我再一次地坐等日出，这次，却成了一个人的孤寂。

4

那一夜，我想了很多，想得很杂，唯恐遗漏掉一些记忆。这些记忆，令我癫狂，令我迷离。

我想，过去的还是过去吧。

这句话同宿舍的江白多次跟我提起，他曾有过一段痛彻心扉的单相思，还在一次醉酒后痛哭流涕说他这辈子不会再喜欢其他姑娘。可是大一下学期，他在联谊舞会上遇到了化学系的黄蕊，二人眉来眼去，跳了几段舞曲，发了几天信息，就勾搭在了一起。

我问："你不是说不会喜欢其他姑娘？"

江白说："这次不是喜欢，是爱。"

他还用"过来人"的身份和口吻教育我："缘分早就天注定，过去的还是过去吧，前方有的是美女。"

校园不缺美女，更不缺情侣。这一片广阔的缘分天空，不知是否容纳了我的那一丝缘分。我只能憧憬、期待，甚至向往。直到一年之后，我见到了惊呼不已的神奇一幕，一切才发生了改变。

那是大二那年的秋天，江白费尽口舌终于说服了黄蕊，出去租房同居。为了庆贺"乔迁之喜"，他特意请我和侯明，还有最后一个舍友虾米吃饭。这让我们受宠若惊，平日他从不请客，连开水都不舍得打，四处端着大茶碗蹭水喝。有几回我和侯明为了恶搞他，在水壶里加一些烟灰。江白咂巴着嘴说："烧锅炉的大爷真损,把烟头掉进了锅里。"

这次江白搬出去,出于礼节也为了欢送,我和侯明、虾米凑钱买了一箱牛奶。可是他并没有邀请我们去新家做客,他把请客的地方设在了学校门口一家极为简陋的小饭馆。

江白解释说:"家里太小,进门就上床。"

中华文字真是精妙绝伦,富有想象空间,令我浮想联翩,却又不好意思当着黄蕊的面跟他开玩笑。江白也毫不客气,拿起牛奶钻进了隔壁小超市。我和侯明、虾米一致认为他去换钱了,没想到江白换回来两盒安全套。

黄蕊被羞得面红耳赤,翻着白眼,把手伸进桌子底下狠狠掐了江白一把。江白用力扶着桌子,最终没能忍住,惨叫一声。惹得周围几桌纷纷窥探。唯独一个背对着我们的姑娘,一个人坐在餐桌前,头也不抬地拿着手机不停发着信息,桌上摆着一盘花生米,一盘豆腐丝,还有两瓶二两装的二锅头。

江白点了四个素菜,四瓶啤酒,说是经费有限,多多担待。黄蕊附和说吃素最好,有益健康。

看来,不是一家人进不了一家门。

我们三个很无语。

很快这顿饭吃完了,虾米第一个夺门而出,回宿舍打游戏。这是他唯一的爱好,之前一周五天去网吧通宵,昼伏夜出,熬得脸色惨白。还因久坐不起,累得弯腰驼背。再加上他原本就瘦弱矮小,一眼看去就像一只虾米,所以得此外号。

我和侯明、江白曾担心哪天他会猝死当场，便苦口婆心劝他把打游戏的时间调整调整。

虾米振振有词地说："通宵便宜。"

侯明提议："买台电脑放宿舍，比去网吧更便宜。"

虾米猛拍大腿说："对对对。"

就这样，他买了电脑，装上网线，在方便自己的同时，也方便了我们。

侯明第二个着急回去，他有一个高中就开始交往的女朋友，在吉林上大学。每晚9点之前侯明必须用电话卡往女朋友宿舍打上半个小时的电话，据他说一天不打，女朋友就睡不着。

我说："是一天不打，你睡不着吧？"

侯明笑着说："一个意思。"

江白去结账，为了抹掉零头，跟老板讲起了大道理。老板忍无可忍送给他一瓶可乐。江白拧开，递给了黄蕊。这个细节，被我捕捉到，感觉到了江白的细心。同时，我也看到那个姑娘已经喝光了一瓶二锅头，第二瓶也快见底。不过她还在不停发着信息，身体微颤，显然已经喝大了。

站在饭馆门口，我把江白和黄蕊送走，看着他俩牵手的样子，我忍不住提醒一句："两位大侠，切磋武艺点到为止。"

江白挥舞着安全套说："放心，有神功护体。"

我也隐约听到黄蕊说了一句："你跟肖遥学得真不是个东西。"

我觉得我真是冤枉，不过侯明多次说我从青岛回来就变了，变得脸皮越来越厚，一看就不像个好东西。

我想，这样也挺好。

这时，那个姑娘正跟跟跄跄地走出饭馆，我这才得以看清她的全貌，上身一件宽松的卫衣，下身一条蓝色牛仔裤，普普通通，却把身体包裹得凹凸有致。不过散乱的长发遮住了大半张脸，正好一阵风吹过，头发被悉数掀起。我定睛看去，瞬间愣住了，情不自禁地喊了一声："暖暖。"

姑娘没有搭理我，摇摇晃晃地往校园走去。

我以为产生了幻象，又叫了几声"暖暖"。姑娘头也不回，我便紧跟上去，试图凑她脸上看个清晰。姑娘一身酒气，见我不怀好意，掏出手机问我报警号码是多少。

我说："110。"

姑娘一看手机没电了，问我要手机。

我掏出来递给她。

她浑身摇晃，已经看不准按键。

我说："我帮你拨通，说电话吧。"

姑娘说："110。"

这是我第一次见到叶子。后来我重提这件事的时候，她惊呼不已，着实不敢相信她如此勇敢。当我了解她的性格之后，也着实不敢相信那晚见到的是同一个人。看来酒后的状态跟清醒时总有差别。

那晚，叶子没有报警，拿着我的手机回了宿舍。我一路跟随,其间索要过几回手机,她都不理我。我想我是不是被人打劫了,应不应该报警。想想算了吧。

第二天一大早,我堵在女生宿舍楼下,直到十点才见到了叶子。她换了一件黑色的上衣,如果不是她那张酷似暖暖的脸,我真不敢相认。不过我更不敢相信,世界上竟然有长相如此相似的两个人。也让我觉得,这算不算老天对我的眷顾,或者是弥补。我心跳加速,异常激动。

叶子显然把昨晚的事情忘得一干二净,当我提到手机的时候,她才恍然大悟,说:"坏了,我以为手机是我捡来的,刚才被我交给宿管了。"

我说:"你耽误了我的大事。"

叶子一脸的歉意,不停问道:"我怎么补偿你?"

那一刻,我知道我的弄虚作假把她迷惑了,我也仿佛把她当成了暖暖,于是说了那句拖欠太久的话:

"我喜欢你。"

5

我对叶子斩钉截铁,也稀里糊涂地表白之后,叶子傻了,然后吓跑了。我也傻了,我做梦也没想到我会如此轻而易举地说出这句话。我一个人站在那里,呆若木鸡,恍如隔世。

侯明说得很对,我确实变了,变得越来越不要脸了。

我想,这或许是因为伤得深则变化大。可能我不想再失去什么，也害怕再失去什么吧。

叶子跑掉之后，半路又返回宿舍，见我还在，便绕着走开。出来后，见我还在，又绕着走开。我能看到她的害怕和慌乱，连走路的步伐都没有了节奏。

中午，叶子下课见我还在，唉声叹气地说了句："神经病。"

我说："你才是神经病。"

叶子很是委屈，眼睛怯怯地看着我，显得格外弱不禁风。估计之前没人这么说过她。

我笑着说："手机还没还我呢。"

叶子这才明白我一直没走的原因。叶子帮我取回手机，还问我吃饭了没有。

我说："你觉得呢？"

叶子摇了摇头说："我觉不出来，我不知道。"

她那一脸天真的样子，既傻又可爱。这是我对叶子的印象，而我留给她的印象永远是"神经病"。

叶子带我来到学校唯一的一家清真餐厅，我以为她是回族人。她说她是标准的汉族，她男朋友是回族，之前一直陪男朋友吃饭，吃着吃着习惯了。

看来，在感情方面，叶子是弱势。

叶子点了两个菜，一个是韭菜炒鸡蛋，一个是栗子烧牛肉。还强调都是她男朋友喜欢吃的。

我说:"都是大补的硬菜,看来你男朋友很会补啊。"

叶子黯然神伤起来,还流下了眼泪。

我没有安慰,直接吃饭。因为我猜到,昨晚她一个人喝闷酒,肯定感情出了大问题。我还知道,她想说自会说,不想说问了也白搭。

叶子擦着泪说:"你怎么不问我怎么了?"

我说:"失恋了呗,有什么大不了的。"

叶子凝视着我,问:"你怎么知道?"

我突然很心疼,于是说:"老天爷托梦告诉我,有一个美丽的姑娘失恋了,姑娘的男朋友不是个好东西,不懂得怜香惜玉。"

叶子继续凝视着问:"老天爷说得没错,他就不是个好东西,老天爷还说什么了吗?"

我说:"老天爷说那个男的根本配不上你,所以派我这个配你绰绰有余的人来拯救你,这是天意,我也没办法,就看你愿不愿意了。"

叶子破涕为笑地说:"原来你在骗我。"

我又一次觉得她真是傻得可爱,也可怜。看来那个男生没少骗她。

叶子是新闻系专业,跟我同级。这个专业是新学期刚从总校迁过来的,所以我之前没有见过她。她的前男友是总校体育系踢足球的。

一提体育系很多男同学都会咬牙切齿，因为体育系的男生仿佛在泡妞方面具有天然的优势，总能让一些女生降低免疫力。以至于校园里好看的女生，多数都被体育系霸占。长此以往，还有很多女生以找体育系的男朋友为荣。真是不可思议，也匪夷所思。

苏哲跟我说过，很多学体育的男生只是空有其表，胆子还小。这事要追溯到刚上大学那会儿，一个练长跑的家伙给林晓月送情书。苏哲一把抢过撕个粉碎，并恐吓说要把他的腿打断。那家伙一听拔腿就跑，之后再也没有出现。

那天，我跟叶子讲起苏哲这件事，还添油加醋说了很多体育系的坏话。叶子也很认同，跟我相谈甚欢。

叶子说："跟你聊天比跟男朋友聊天，轻松多了。"

我说："是前男友，不是男朋友。"

叶子很难受，情不自禁地又哭了起来。看来，她对男朋友的感情至深，还需要时间抚平伤痛，就像我之前用了好久好久才迟迟自愈。为了让叶子尽快走出阴影，我决定加快速度，帮她康复。

我每天给叶子发信息，嘘寒问暖。这是江白教给我的，他说当年追黄蕊的时候，就是这个办法，不出一个星期就能让女生就范。

我说："你之前不是吹黄蕊整天给你发信息吗？"

江白说："回信息也是发信息，一个意思。"

我除了发信息，每天还去叶子的教室送一个苹果，上面刻着一张笑脸。这是侯明教给我的,说他当年就是收到一个这样的苹果,才对女朋友怦然心动的。

我问:"究竟是你送她,还是她送你?"

侯明指灯发誓:"我再想想。"

只有虾米比较淡定,一边打着游戏,一边轻描淡写地看着我说了句:"唉,宿舍又疯了一个。"

我除了发信息和送苹果之外,还每天蹲在女生宿舍楼下,见到叶子就喊上一句:"美女。"很多女生以为我在喊她们,有的伫立,有的瞥白眼,有的假装没有听见。叶子就是那个假装没有听见的,然后低着头快步逃离。

叶子给我发信息:别这样,同学看到多难为情。

我回复:丢人的又不是你,我都不怕,你怕什么。

叶子:这样不好,请你别这样了。

我:你除了说别这样,就不会说别的了吗?

叶子:那说什么呢?

我:说做我女朋友。

叶子:不要,不要。

我:吃个饭讨论一下为什么不要。

叶子:我想想,那好吧。

第二次吃饭,我去女生宿舍楼下接她。左等右等不见下来,正要发信息询问,叶子先发过来信息说:我想了想,吃饭还是算了吧。

我回复说：你不下来，我就不走了。

十几分钟后，叶子拖着疲惫的身体出来说："其实也没什么好讨论的。"

我说："那就不讨论，只吃饭，算作礼尚往来。"

我请她去清真餐厅，还是那两个菜。我是故意为之，我就是想让叶子触景生情，把分手原因一吐为快。这是阻隔我和她之间的障碍，必须打通。

果不其然，叶子上了当，主动讲出分手原因。

叶子说她的男朋友叫王飞鹏，整天埋怨她没品位，不浪漫。叶子为了浪漫一回，趁着周末悄悄潜回总校，想给他一个意外的惊喜。没想到竟然在那天的傍晚看到王飞鹏正跟一个不如她漂亮、不如她身材好、不如她善解人意、不如她学习好、不如她听话乖巧的女生在校园门口接吻。

这些"不如"，我认为都是叶子脑补出来的，肯定有比她好的地方，要不然不会如此疯狂。再说了，在众目睽睽之下接吻，完全是爱得火热的体现。

叶子对我的观点极力否认。不过我煽风点火，彻底把叶子的情绪拱了出来。

叶子说她当时几乎气晕了过去，也没有上前阻止，一直看着他俩情意浓浓地离开。

我对她的遭遇，深表同情，同时又觉得太便宜了那个混蛋，应该当众揭穿。

叶子说她也后悔，不过她认为王飞鹏可能是逢场作戏。于是默默跟在后面,一直看到王飞鹏带着女生进了宾馆,两人一夜没有出来。叶子还自我安慰,可能是标准间,一人一张床。也可能是太晚了宿舍回不去。

我很无语,听着都愤慨。

叶子说之后更愤慨,她在大堂坐了半宿,凌晨一点多王飞鹏穿着浴袍去前台买东西。服务员问买三只装,还是十只装?王飞鹏买了一盒十只装,刚一转身就看见坐在角落的叶子,顿时吓了一跳,上前一个拥抱,还轻描淡写地说了一句:"宝贝,你怎么来了?我正跟同学打牌呢,你先走吧,天亮我去找你。"叶子问他手里拿的什么东西,王飞鹏往裤裆里一塞说:"你猜?"

叶子悲悯地跟我说:"肖遥,以后千万别让我猜,我一想起来就恶心,恶心。"

我问叶子天亮之后,什么情况?叶子说她一直坐在宾馆等到中午,王飞鹏一直没有出来,她就坐火车回来了。半路上王飞鹏打来电话,质问她为什么不听话?为什么招呼不打就走了?是不是不相信他?

我问叶子怎么回答的。

叶子说她当时脑子一片混乱,忘了说了什么,或者什么也没说。她很痛心,不敢跟宿舍的朋友提及,每天郁郁寡欢。她最好的朋友方芸看出了端倪,说王飞鹏不是个东西,之前就见过他跟其他女生勾肩搭背。

我说确实不是东西。

叶子说她万念俱灰,独自去小饭馆喝酒,借着酒劲,给王飞鹏发了分手的信息。那晚叶子写了很多内容,写完就删。然后再写,再删。最后只发了六个字:对不起,分手吧。王飞鹏回复:太好了,我正有此意。

叶子边说边哭泣,眼泪像雨点一样噼里啪啦地掉下来,砸在地面上,慢慢蒸发,慢慢消失殆尽。如同这段荒唐的爱情一样,没有留下什么痕迹,只留下既没价值又无意义的眼泪而已。

叶子抬头看着我,两眼泪汪汪,无助地问:"你说他是不是脑袋被门挤了?或者有什么难言之隐?还是我不够好?"

我看着格外心疼,也格外悲愤,直白地说了一句:"被门挤的是你。"

6

我建议叶子换个电话号码,开始全新的一天。这是我的私心,我担心那个混蛋哪天真把脑袋挤了,跑来给我添乱。

叶子没有同意,说这跟换不换电话号码,没什么关系。

我绞尽脑汁也想不出什么理由,便直截了当地说:"不换号码说明你放不下他,既然放不下,我现在就给你买火车票,你赶紧再去欣赏一遍他和其他女孩当街亲吻。"

没想到很奏效。叶子乖乖地跟着我去办了新号码,然后又去发廊,把凌乱的头发修剪一番。看着焕然一新的叶子,我直夸漂亮。

叶子用头绳扎了一个马尾辫，问我怎么样。

看着摇摇晃晃的马尾辫，我瞬间融化了，心里的酸楚和怀念涌上心头，令我晕眩，也令我迷离。我又一次情不自禁地喊了一声："暖暖。"

叶子回头凝望着我问："暖暖？什么意思？"

我没有回答，不知该如何回答，也不想回答。故作镇定地说了一句："不告诉你。"

为了转移话题，我扯东扯西，脑子里却想起苏哲的那句话："忘掉一个人最好的办法就是再找一个人代替。"我想代替王飞鹏，我也想让叶子代替暖暖，这或许就是最好的天意。

之后，我每天坚持送苹果，可是最近苹果涨价了，便换成了较为便宜的梨。我还是继续在女生宿舍楼下等她，见面照旧喊一声"美女"。我是乐此不疲，可是叶子的情绪却骤变，不仅对我视而不理，就连电话也不接，信息也不回，弄得我很茫然。

于是趁着一个雨天，我把自己浑身淋湿，试图博得叶子的感动和怜悯。

叶子被我拦住，看到我像落汤鸡，问道："手里有伞，为什么不打？"

我说："忘了。"

叶子说："有事吗？"

我说："为什么不理我？"

叶子无辜地说："你不是说开始全新的一天吗？"

我没听懂意思。

叶子又说："你不送苹果，改送梨，梨就是分离的意思，我懂你的意思。"

我瞬间傻了眼，也无语了。

侯明把我批斗一番，说我占小便宜吃大亏。

江白把我教训一番，说我便宜没那么好占，要讲技巧。

苏哲更为直接，说我犯了大忌，让我去死。

我问苏哲如何弥补？

苏哲跟林晓月商议了一番，说："还是去死吧。"

我说："真是一对狗男女。"

林晓月在电话那头咆哮："肖遥，你才是狗，连最能打动女孩心思的东西都不知道。"

我急忙说："你俩不是狗男女，我收回，赶紧告诉我。"

林晓月说："妈的，玫瑰花。"

我说："是妈的玫瑰花，还是妈的，玫瑰花。"

林晓月知道我在故意戏弄，又骂了一句："滚。"

于是，我不送苹果，也不送梨，改送玫瑰花。我跟校园花店的老板说："我要长期采购，一天一枝，如果送不出去能不能退钱？"

花店老板不屑地瞥了我一眼说："一枝才三块钱。"

看来打动女孩心思的东西，挺廉价。可是一想到，如此廉价的东西，我竟然都没有给暖暖送过，顿时又感到郁闷而悲伤。

有时我在想，我对叶子如此疯狂，是在弥补对暖暖的愧疚，还是把叶子真的当成了暖暖,还是我真的为叶子着迷。我陷入纠结之中,我无数次告诉自己暖暖已经走了,我要忘记过去,可是叶子的出现,就像一面镜子,把我无形之中又照回到过去。既然如此,我想,活在当下,先珍惜眼前吧。

于是我开始每天一枝玫瑰。玫瑰不像水果,没人注意。玫瑰也不像平日我喊"美女",即便有人注意,我可以假装逃避。玫瑰总归需要拿着招摇过市,我着实办不到。这说明我的脸皮还不够厚,只能找一个更厚的帮我处理。

侯明死活不同意,说是让他女朋友知道,肯定把他的裤裆踢碎。

虾米也不同意,说是就算帮他充网费,也休想再提。

没想到江白爽快答应了,还真有些侠肝义胆。不过他转头就说不能义务帮忙。

我说:"你就当行侠仗义。"

江白说:"仗义不值钱,再说了黄蕊也不会同意。"

看来真是两口子。

我说:"关她什么事?"

江白说:"我让她去送。"

这真是个好主意,于是我给江白买了一箱牛奶,想让他再去换两盒安全套。江白这回没换,我很诧异。

江白厚颜无耻地说:"最近太累,我得补补。"

黄蕊不负所托,也颇具豪气,连续去叶子宿舍送了一周玫瑰，便跟叶子成了朋友，还促膝长谈过一回。谈的什么，我很好奇。

黄蕊神秘地说："暂时不能告诉你。"

看来没有免费的午餐，于是我夸下海口："只要有进展，我就请二位大侠吃午餐。"

黄蕊很动心，也很用心，又一次的促膝长谈，把叶子谈哭了。内容是我每天茶不思饭不想，连做梦都喊叶子的名字。还说我除了不要脸，其他还算有人样。还解释我不要脸，也是为了追求爱情，简直可歌可泣。

黄蕊向我邀功请赏，拍着江白的胸口说："叶子肯定马上主动联系你。"

刚说完，叶子果真给我发来信息：你在干吗？

我回复：正在想你。

叶子：问你几个问题，黄蕊怎么知道你连做梦都在喊我的名字？她跟你一个宿舍？而且为什么说你不要脸？你是不是特别会骗女孩子？

我：这些问题很复杂，我必须当面告诉你。

叶子：你是不是觉得我很容易被骗，你小瞧我了，我不上你的当。

叶子虽然这么说，还是上了当，当晚答应一块去吃饭。

江白和黄蕊见大功告成，欢呼雀跃。

我说："我有约在身，告辞。"

江白知道我想要赖，急忙拉住说："午餐的事情可以先放一放，不如先来箱牛奶，我有大用。"

看他猥琐的表情，我心知肚明，然后相觑而笑。

傍晚时分，我去女生宿舍接叶子。叶子让我先回答那几个问题，要不然不出去。

我说："江白跟我一个宿舍，他告诉黄蕊我做梦都喊你的名字。黄蕊说我不要脸是因为你太难追了，要脸根本追不到。"

叶子问："那最后一个问题呢？"

我说："边吃饭边告诉你。"

叶子又一次上了当，我没有正面说，她也没有提。那顿饭，吃的火锅。我说了几个选择，川菜、鲁菜、烧烤、火锅。

叶子说："你相信吗？上大学之前我从未吃过火锅，第一次还是他追我的时候吃的，没想到那么好吃，瞬间就爱上了。"

于是我们去吃火锅。听完这句话的同时，我不禁联想到以前的自己，也想到了高菡。如果不是高菡，或许这将是我人生中的第一顿火锅。看来我和叶子有着相近的经历，只不过我比她早吃了一些而已。

吃完火锅，我们在校园里散步。天已经黑了，路灯也亮了，情侣也更加猖獗了。于是我带着叶子去参观情侣们是如何谈情说爱的，还不忘告诫她要多多学习。

叶子说了一句特别令我沮丧的话。

她说："不用学习，我会。"

然后她滔滔不绝地跟我说起之前王飞鹏追了她多久才追到

手，用了什么手段，耍了什么招式，写了多少封情书，表白多少次。我听得头昏脑胀，醋意横飞。虽然我知道她是无意，却实难招架，最后捶胸顿足地大喊一句："气死我啦。"然后拂袖而去。

我走到半路，又折回来。这顿饭不能白吃，我准备好好教育教育她，让她向我学习，忘掉过去。

叶子一直蹲在原地没有动弹，双手抱着膝盖，貌似一副楚楚可怜的样子。我很高兴，以为我的恼怒已经触及了她的心灵。可是走上前一看，她竟然在看蚂蚁搬家。

叶子问："肖遥，你说是不是要下雨了？"

我说："你心真大。"

叶子说："大吗？如果大的话，我为什么还是会不经意地想起他呢！"

我嘞个去，又来了。

7

之后的一段时间，我跟叶子频繁约会，她还会把旧情重提。看来她伤得不轻，同时也把我伤得不轻。我想这样下去不行，我迟早会被气死。既然她那么残忍，我也不能客气。既然我伤害不了她的心，那就在肉体上占点便宜。

于是趁着夜黑风高，我把叶子带到一片人烟稀少的校园空地，这里树木繁多，还有假山掩护。

叶子问:"来这里干吗?太黑了,我害怕。"

我说:"黑才好玩。"

叶子信以为真,问:"玩什么?"

我说:"玩谈恋爱。"

刚说完,听见几处地方发出人为的响动。看来我晚来一步,已经被其他人占领了。

随后叶子带着我去了一个好地方,就是图书馆的室外楼梯。那里长期关闭,鲜有人来,相当静谧,连亮光都很微弱,简直无可挑剔。同时我很好奇这么隐蔽的角落,叶子怎么知道?难道来约过会?

叶子说:"别瞎说,我是跟方芸溜达的时候路过这里。"

我说:"我不信,你骗我。"

叶子抓着我的胳膊,使劲摇晃,还委屈巴拉地看着我说:"真的真的,我不骗你。"

我顿时融化,并鬼使神差地一把将她抱住。叶子没有反抗,安静地靠在我的怀里。一种久违的幸福感,腾空而起。

随后,我们接吻了。我大脑一片混沌,也记不清是她主动,还是我主动,这个细节也无关紧要了。不过我还是能回忆到,当彼此的嘴唇触及的瞬间,我的毛孔都张开了,心脏都快跳出天际。不过那种感觉只此一回,之后再也没有,可能这就是初吻的魅力。

那晚,我们一直待了很久,一直拥抱,一直亲吻,忘乎所以。不知不觉中,我仿佛想到了什么,或者脑海中跳出了什么,然后情不自禁地说了一句:"我爱你,暖暖。"

叶子把我推开,跟我面面相觑。

我心虚,却又担心她看出端倪,只能故作镇定,笑靥如花,一副恬不知耻的无赖表情。

叶子说:"暖暖到底是什么?是不是人名?我上次就怀疑了。"

我没有告诉真相,只是搪塞说道:"我的口头禅而已,意思就是过瘾。"

叶子又一次相信了,她的天真令我心疼,也令我格外想要保护和珍惜。我突然有一种负罪感,可是我又不敢说出实情,我怕叶子会像我一样醋意横飞,拂袖而去。而我只想把她紧紧抱在怀里。

为了讨她的欢心,我说:"我把初吻给了你。"

叶子摇头晃脑坚决不信。

我说:"骗你是狗。"

叶子还是不信,说:"我感觉你对女生很有经验,像个情场老手。"

我说:"爱情剧看多了,自学成才。"

叶子说:"也对。"

这是我和叶子认识的第五十三天,相恋的第一天。可是第二天上午,叶子就变卦了。

她给我打电话说,昨晚就是一场梦,什么也不算,希望我别误会。叶子还说她是一时糊涂，请我见谅。

我无言以对，气得在宿舍原地跳脚。

侯明正在泡面，以为我触了电，上去一脚把我踢在床上，接着掐住我的人中。

虾米也被吵醒了，说："这么快就天黑了。"

我推开侯明，吃着他的泡面说："天没黑，是世界毁灭了。"

侯明开导我说："据我的经验，叶子是在假装矜持，她是怕你认为她水性杨花。"

这句话很有道理，于是我穿戴整齐去澄清她是不是水性杨花这个非常严峻的问题。

叶子并没有见我，几次电话之后，她让方芸来跟我谈谈。

方芸容貌一般，身材一般，身高也一般，只有穿衣品位低于一般。我在想，她和叶子是最好的朋友，是为了把叶子衬托得更加好看，还是想自取其辱？

方芸对我很客气，见面握手。我对她更客气，双手去握。

方芸不客气地问我是请喝咖啡，还是奶茶。我说都请。然后从校园超市买了一瓶雀巢咖啡，一瓶阿萨姆奶茶。

方芸不可思议地说："就这？"

其实，我早猜到方芸想去咖啡馆，一般谈事或者谈情都去咖啡馆。可是我还没去过，不想把第一次献给她。于是又买了可乐、雪碧、冰红茶、绿茶、美年达、七喜等等，满满当当一塑料袋。

方芸很无奈地找了一个长椅，跟我讲起叶子如何如何团结同学，如何如何爱护公物，如何如何努力上进，如何如何勤劳干净。我一直点头称是，听了半天全是空话大话，一直没有点题，让我很是怀疑她新闻系的专业水准。

于是我把咖啡打开，双手奉上。对于这个举动，方芸对我点头示意，表示她很满意，然后喝着咖啡，步入正题。

方芸说："刚才说了那么多，就是想让你知道叶子是个难得的好姑娘。"

我点头称是，说："不是好姑娘，我还不要呢。"

方芸说："不过叶子认为太突然，一下子没了主意，所以我得拿主意。"

她说完停顿一下，又喝了两口咖啡，擦了擦嘴角的残汁接着说："我的看法是暂时不同意，叶子刚失恋，属于脆弱期，你这时候乘人之危，乘虚而入，是不是不太道德？"

方芸喝着我的咖啡，还变相骂我不道德。我顿时火大，从椅子上跳了起来，质问一句："怎么才能道德？"

我说完就把方芸喝完的空瓶屁颠屁颠地送进了垃圾桶里。我想，这样就道德了。同时，我看到给她买的那些饮料，如果不给我一个合理的解释，说明她不道德。

方芸说："等叶子从失恋中走出来，就道德了。"

这种不着边际的逻辑，让我开了眼。

我很疑惑，叶子这是交的什么朋友，作为代言人，完全不着调。要不然她当初怎么会同意叶子跟王飞鹏这个混蛋谈恋爱？

方芸看穿了我的心思，说："你可能不知道，我和叶子、王飞鹏高中就是同学，他俩当时就很暧昧，一直到了大学才确立关系。我以为这将是一场美好的爱情，没想到竟然不堪一击，所以这次我担心叶子再次受骗，所以才想见见你。"

原来如此，难怪叶子失恋之后如此痛心，也无法释怀。见此情景，我只能连连作揖，并拍着胸脯表明真心。

方芸说："叶子说你接二连三提起暖暖，说是过瘾的意思。不过你骗得了她，骗不了我，赶紧承认暖暖是谁？"

我顿时方寸大乱。

方芸知道触到了我的痛点，很是自豪，一脸骄傲。

我为了打击她的气焰，也只能釜底抽薪，最后说道："你谈过恋爱吗？你知道叶子受了伤害之后，最需要什么吗？你知道我们都干了什么吗？你肯定不知道，所以，拜拜了您。"

然后，起身离开。

第六章 被社会上了一课

1

我知道方芸面对这三个问号，肯定晕头转向，气愤不已，然后跟叶子诽谤我不道德，试图达到她所谓的"道德"目的。

不过我同样戳中了她的痛点，尤其是最后一个问号，她很好奇，问叶子到底干了什么。叶子面红耳赤，扭扭捏捏什么也没说。

方芸感叹："既然生米煮成熟饭，那还让我去谈个屁。"

叶子说："不是谈，是把关。"

方芸喝着我买的奶茶，良心发现，然后帮我说了一句好话："肖遥应该比王飞鹏强一点。"

叶子把话传给我，令我愤然不平。把我跟混蛋比，我强了何止一点，至少十个点。

不过我也高估了自己，男人多数都好色，我也不例外。不过我的好色只对叶子，所以，每天我都拉着叶子去图书馆旁边的室外楼梯卿卿我我，乐此不疲，仅此而已。

我问叶子："接吻会上瘾吗？"

叶子羞涩地说："问你自己。"

我说："我不知道。"

叶子说："会不会上瘾我不知道，不过接吻应该会传染疾病，你有没有感觉到头重脚轻，呼吸紧促？"

我说："有有有。"

叶子一本正经地说："我把病传染给了你，你现在已经中了爱情的毒，解药只有我有，从今以后你的小命在我手里，必须对我言听计从，关爱有加，要不然你就死定了。"

这是我和叶子认识的第六十二天，也是她第一次跟我开玩笑，她笑得很开心，而我却觉得如此低级。没想到那么快，我已经将她治愈，同时她也将我治愈。

一切都在平淡恬静中朝着美好前行。美好有时候很简单，一个深情的眼神，一句甜言蜜语，一个热腾腾的吻，一个嗅到发香的拥抱，哪怕是几句不着调的玩笑，或者是不靠谱的争吵，总能把枯燥的生活点缀得美好。这可能就是恋爱的味道，有酸有甜，有阳光也有阴霾，最重要的是，有人相伴。

不过有人相伴，对于一部分人来说，可望而不可即。比如方芸。

我和叶子交往之后，叶子除了上课和睡觉之外，其他时间基本都交给了我，于是造成她跟方芸在一起的时间越来越少。很多次我们在食堂遇见方芸，她总是会意一笑，打个招呼便匆匆离开，显得特别孤独。我也曾主动请她吃过几回饭，方芸都拒绝了。叶子说是不想打扰我们，而我认为她是羡慕和嫉妒。

这是事实，也是现实，就像方芸这种天生不占优势的外表，只能靠机缘和努力才能弥补。我想助她一臂之力，便让叶子问她，愿不愿意同吃同乐。

叶子笑着骂我流氓。

我说："你才是流氓，净往歪处想，我是想让你问方芸，想不想找男朋友。"

叶子说："这个事情我怎么从没想过？"

我说："因为你傻。"

我经常习惯性地说叶子傻，她从不反驳，看来是默认。我很喜欢她这种温顺柔和的性格，总能衬托出我的霸气和强势。这是之前我从未有过的感觉，现在全部在叶子身上呈现出来了。

叶子问我有没有合适的人选。我早就想到了虾米，他是跟我关系密切的男生之中唯一符合条件的，其他都有女朋友。所以，他是万中无一，也是万中唯一。

不过当我把这个想法告诉虾米的时候，他正在酣畅淋漓地打着游戏，当机立断说了一句令我大吃一惊的话。

虾米说："我有老婆。"

侯明正在喝水，一口喷在虾米脸上。

虾米纹丝不动，死死盯着屏幕，铿锵有力地说："游戏就是我老婆，我很专一。"

看来此事没那么容易，必须采取非常手段。为了拆散虾米和游戏这对鸳鸯，也为了点燃方芸对爱情的向往，我谎称叶子过生日，组织大伙吃饭，实则想让他俩见见面。

叶子却一脸茫然地说："不是谎称，是真的。"

我说："这么巧？"

叶子欢呼雀跃说："就是那么巧。"

那天是12月11号，跟暖暖的生日很接近。我觉得老天这是故意惩罚我，想尽办法揭开我的伤疤，明明已经痊愈，却又让我不得不想起暖暖，想起最后一次在雪花凋零的生日那天，一切都随着雪花的融化而消亡。

作为我陪叶子度过的第一个生日，我想办得隆重一些，好让方芸看到我的诚意。于是我也想让侯明拿出诚意，问他愿不愿意赞助生日蛋糕，侯明说没问题。我又问江白和黄蕊二位大侠，愿不愿意献上薄礼，江白抢先回答不可以。最后我威胁虾米，必须赏脸，要不然砸烂他"老婆"。虾米一脸惊恐地求饶道，手下留情，一定去。

我订了一家学校附近最好的餐厅，所谓的最好是门脸比较好，门厅比较大，具体菜品如何，不知道。

那天，我送给叶子一盒巧克力，一大束玫瑰花。还大言不惭地问叶子："想要什么统统买。"

叶子激动地抱着我，像个孩子似的感动涕零，说："我人生中的第一束玫瑰是你送的，第一盒巧克力也是你送的，我知足了。"

那么容易满足,令我很是心疼,随之更气愤。

随后我又转交给叶子三朵玫瑰,这是买花时跟花店老板软磨硬泡得来的。叶子心领神会,以虾米的名义送给了方芸。方芸肯定也是第一次收到花,感动得不知所措,并含情脉脉地看了一眼坐在角落毫不知情且瘦骨嶙峋的虾米。不过只看了这一眼,就没了第二眼。

因为方芸问我:"虾米是不是有绝症?看着活不了几年。"

说完,把那三朵玫瑰扔进了身后的垃圾桶里。并窃声问我:"侯明看着不错,身材壮硕,一看就有男子气。"

我急忙打断说:"侯明有女朋友,他那不叫壮硕,叫肥胖,他也不是男子气,是大肚腩。"

我说这些,只想打消方芸的惦记。

方芸尴尬一笑说:"我开玩笑的,你可千万别跟侯明说。"

吃完饭,江白和黄蕊把剩菜打包,还说浪费可耻。典型的吃饱了骂厨子。

于是我上前捉弄江白说:"这顿饭没少花,如果钱不够的话,你得帮忙凑。"

江白说:"送生日礼物是不是就不用凑了?"

我点头称是。

江白趁我不备,塞我兜里一样东西,还嬉皮笑脸地说:"小小心意,不成敬意。"

我一看,竟然是一枚安全套。

2

自从我和叶子好上之后,苏哲很关心,尤其最关心我和叶子有没有开房。我让他猜,苏哲猜错了,我却说猜对了。我也用同样的问题反问苏哲,苏哲也让我猜,不过我不知道究竟猜对了还是猜错了。苏哲哈哈大笑,我知道猜对猜错都无关紧要。

有时,宿舍熄灯之后,我和侯明也会探讨男女话题。说哪个宿舍的谁谁谁又找个女朋友,哪个宿舍的谁谁谁又带着女网友去开房。

我也好奇问过侯明,跟女朋友到底有没有发生过性关系,什么感觉,过不过瘾。

侯明无奈地说:"我也不知道。"

侯明也问过我,我说:"我也不知道。"

他死活不信。

每当回头想想这些问题,既可笑又感慨,只有在那个年龄,那个时期,才会关注和痴迷这种话题。

还有关于安全套的问题,侯明曾问:"为什么不叫男人套?为什么非叫安全套?"我的回答是:"我也不知道。"

不过安全套天生具有特殊的魔力,当我那天第一次真实触摸到它,我陷入想入非非和躁动不安,同时又无限渴望和跃跃欲试。于是在回去的路上,我一直跟叶子讨论两性话题。叶子已经没有了之前的羞涩,我以为时机成熟了,便指着附近的宾馆说:"这里是干吗的?"

叶子说:"睡觉的。"

我说:"里面是什么样?我还没去过。"

叶子说:"你进去看看,我在门口等你。"

看来她不傻。

这枚安全套一直在我身上揣着好多天,就像我的心情一样,虽然包裹一层外衣,里面却油迹斑斑,随时点燃。为了脱掉外衣,我曾让叶子把手伸进我兜里。

叶子问:"口香糖?"

我说:"再摸摸。"

叶子说:"坏蛋。"

她果真在装傻。

我对叶子一直保持着尊重和怜惜,我从来不做强迫她的事情。比如我和叶子每晚都会在图书馆旁边的室外楼梯接吻,有几回我试图把手伸进她的衣服里。

叶子说:"不要啊,手好凉。"

我便马上缩了回去。

比如上床,虽然我多次以开玩笑的形式引诱她,不过只是引诱,每次听到她说:"不行,太快了。"我便转移话题。虽然我知道,如果我摇尾乞怜地哀求,或者说一些冠冕堂皇的花言巧语,她很有可能同意,但是我不想让她勉强。我也深知,我还缺少一点点上床的勇气。

一个月后,那枚安全套已经在兜里揉搓得折痕累累。我便丢了出去,一想太可惜,又捡起来,转头还给了江白。

他一脸的不可思议，说了一句特别伤人的话："肖遥，你太生猛了，小心怀孕。"

3

后来，我还是如愿和叶子发生了性关系。

那是大二学期结束的暑假。叶子回了高密老家，我也回了麟城。虽然每天打电话，可是依旧抵挡不了思念。

于是我给叶子打电话，试探性地问她要不要参观一下未来的婆家。

叶子问："真想让我去？"

我说："反正不是假想。"

叶子说："那好吧，明天家里有事，后天行吗？"

叶子一如既往地乖巧听话，她从没有发过脾气，即便我有发脾气的时候，她也会顺着我，这让我感觉轻松又舒服。

叶子在傍晚来到，苏哲开车拉着我和林晓月去火车站迎接。他半年前考了驾照，说要让我见识见识他的车技，一路开得很快。林晓月在后面不停大骂："妈的，咱们去接人，不是去见鬼。"

苏哲和林晓月一直怀疑叶子的容貌，认为世界上没有两片相同的树叶，何况是人。所以，他们俩一路都在质疑我是夸大其词。我没有反驳，再三提醒，千万别一时激动喊出暖暖的名字。

他俩不屑一顾。

不过，当叶子走出车站，林晓月愣住了，挥手示意，并情不自禁地喊了一声："温暖。"

幸好人多，叶子没有留意。

苏哲不停揉着眼睛，走到面前，把脸贴了上去。叶子吓得花枝乱颤，躲在我身后。我急忙介绍他们认识，并强调苏哲脑子被驴踢过，是个傻缺。

林晓月不同意这个说法，她说苏哲不止傻缺，还不要脸。然后拧着苏哲的胳膊惩罚他刚才对叶子的不文明行为。

我们一块去张叔的大排档吃烧烤，叶子很拘谨，几杯啤酒下肚之后，放松很多，还面色红润地说："这是我第一次喝啤酒。"

我说："我第一次见你的时候，你不是喝酒了吗？"

叶子说："那次是白酒，这次是啤酒。"

中途，叶子的电话响了，她没有接。一分钟后又打了过来，我一看还是那个陌生号码，叶子又一次直接挂断。几分钟后，叶子的父亲打来了电话，她无奈地跑到角落去接。

苏哲盯着叶子的背影感慨："长得真像，你小子真有福气。"

林晓月却说："除了样貌相似，其他都很普通。"

他们俩都说到了我的心坎里。我不得不承认叶子是个普普通通的姑娘，气质和谈吐不如暖暖，衣品和个性不如高菡。这跟家庭有关，叶子的父亲是乡镇教师，母亲是农民，她一直在农村生活，所以身上天然地散发出泥土的质朴和纯真。我曾想，如果叶子没有那张酷似暖暖的脸,我还会不会喜欢她,追求她。

我想,不会。

不过叶子给予我失而复得的快乐,也给予我心灵的慰藉和美好。那时的我,只想一辈子跟她在一起。

4

吃饭时,苏哲没有喝酒,他开车把我们送到宾馆。下车之际,苏哲问林晓月:"要不要咱俩也开个房间,就住他俩隔壁。"

林晓月说:"滚蛋。"

然后苏哲一脚油门拉着林晓月滚蛋了。

我在大堂开房间,叶子在门外等我。拿到房卡,我对她挥手示意,她羞涩地跟着我进了房间。我们开始了激烈的拥吻,然后倒在床上,我试图脱去她的衣服,她没有反抗。我的情绪也越发激动和紧张,叶子更是面红耳赤,呼吸紧促。看来酒精起了作用,我一鼓作气,想要直奔主题。可是我没有经验,也没有受过这方面的教育。我的笨手笨脚和满头大汗,令我感到可笑。

此时,叶子紧紧搂着我的脖子敛声屏气地说了一句:"肖遥,你要戴上那个东西。"

于是我跑出去买了一盒安全套,又唯恐被熟人看到,像个小偷一样,猥猥琐琐,眼神飘忽。

当我准备卷土重来的时候,电话突然响起,我一看是母亲打来的，不敢不接。母亲凶神恶煞地说："快十二点了，赶紧滚回来。"

我这才知道，我和叶子已经折腾了一个多小时了，纯属白忙一场。

我把叶子一个人留在了宾馆，心有不舍，又不能不舍。虽然我已经那么大了，可是自从程飞出事之后，父母对我的管教突然严格起来。还经常提醒我不能跟不三不四的人来往，小心跟程飞一样蹲大狱。

我说："苏哲算不算不三不四？"

父母思索片刻，说："不算。"

理由是苏哲的父亲已经当了局长。苏哲虽然贵为局长公子，依旧在林晓月面前不三不四，不上不下，点头哈腰，随叫随到。看来局长的公子也不过如此。

那一夜我迟迟无法入眠，一直惦记叶子独守空房，怕不怕？渴不渴？饿不饿？有没有陌生人敲门？并不停给叶子发信息提醒，一旦有情况，赶紧给我打电话。

叶子却回复：老公，你快睡吧，我爱你。

这是叶子第一次称呼我"老公"，之前我曾当面要求她喊几声，让我过过瘾。她总是不情愿，我也就不再提。这次如此主动，可见她心急如焚。

于是，天刚亮，我就跑到宾馆，准备跟她干柴烈火。不过叶子还在熟睡，我于心不忍，便钻进被窝，搂着她一块又睡了一觉。

醒来已经九点多了,我问叶子:"饿不饿?"

她摇了摇头。

我问:"渴不渴?"

她还是摇了摇头。

我说:"接下来干什么?"

叶子靠在我的胸膛上,含情脉脉地说:"你想干什么就干什么吧。"

那是我和叶子相恋的第286天,也是我人生中极为重要的一天。

在叶子的帮助下,我终于进入了她的身体。只不过慌乱和紧张,令我很快就结束了这场成人纪念礼。

叶子怕我沮丧,说:"下一次就好了。"

果然不假,很快就下一次,感觉真的很好。就这样,我们一直在房间不停做爱。其间,曾被叶子的电话干扰。叶子直接挂断,然后关机。

中午饿了,又不想出去,我便跑到便利店买了两桶泡面。回来后正好撞见叶子在打电话,她仓皇地挂断电话,紧接着关机。我没有多想,吃完泡面,我们继续翻云覆雨。

叶子表现得越发疯狂,像匹脱缰的野马。那姿态令我着迷,那感觉真是无法言喻,尤其是来了快感连发梢都要直立。

事后,叶子可怜兮兮地问我:"你会不会嫌弃我?"

我说:"嫌弃什么?我找不到任何可以嫌弃的地方。"

她说:"真的吗?"

我说:"骗你是狗。"

叶子很感动,抱着我哭了起来。

其实,我刚才骗了她,我有嫌弃她的地方,我不喜欢她多愁善感,哭哭啼啼。之前有两次她给我打电话,我没来得及接听,她连打两三个之后,便会哭。我问为什么哭,她说以为我出事了。还有,她有痛经的毛病,一到日子就哭。每次我都算着时间,给她准备红糖水、暖宝宝。她还是哭,说是从来没有人对她那么好过。

5

忙活一天,天已黑了,我和叶子饥肠辘辘,便出去吃饭。

叶子一直挽着我的胳膊,我不再担心被熟人看见,如果看见,我会大大方方地介绍叶子是我女朋友。可是一路走来,竟然连一个熟人也没遇到。

我问叶子想吃什么?叶子说听我的。于是我带她去吃火锅,刚一进门就遇到了熟人。

高菡和小雨也在这里吃饭,小雨兴奋地跟我挥手打招呼。高菡看到叶子之后,突然愣了神。我本想过去打声招呼,然后带着叶子换下一家,又怕叶子胡思乱想。其实是我胡思乱想,陷入了纠结,而此时高菡已经安排服务员加了两把椅子,小雨也很知趣地坐到高菡旁边,把对面的两个位置让给我和叶子。

那顿饭我吃得特别不自然,也不想说话,如坐针毡,也越发尴尬。高菡却云淡风轻,像往常一样谈笑风生。我时而听到她的笑声,依旧如此爽朗,时而看到她的笑容,依旧如此迷人。不过我却莫名其妙地痛心起来。自从那次从青岛回来之后,我再也没有跟高菡联系过,其间她给我发过一次信息,我也没回,我不想打扰她。不过有一次我在宿舍喝醉了,给高菡打过一次电话,已成了空号。

吃饭的时候,高菡没提换新号码的事,却说:"我说为什么肖遥这小子不跟我们这些老朋友联系,原来有了女朋友。"

我只是傻傻一笑。

高菡多次主动给叶子夹菜。而小雨却像之前一样训斥我没有眼力见儿,不懂献殷勤,还问我为什么不跟王雷学。

我想说:"我早会了,只是不想让你们看见而已。"却说不出口,只能腼腆一笑。

吃完饭,高菡去结账。

我说:"我来吧。"

高菡看出了我的想法,迟疑了一下说:"还是下次吧,这次是请你女朋友。"

那一刻,我很痛心,为什么一顿饭总是那么难还!

第二天上午,叶子走了。

苏哲给叶子准备了我们当地的特产,说是林晓月特意安排的。叶子很感动，我更感动。看来我们都长大了，林晓月也不再是那个疯疯癫癫的假小子。

我和叶子一直在站台上拥抱，她哭了，又一次问我："你会不会嫌弃我？"

这次她所谓的"嫌弃"，跟上次意义不同。她是怕我嫌弃她的出身。我看到了她的自卑，以前的我也如此自卑，总担心被嫌弃，也让我突然有一种同病相怜的感觉。这次我没有转移话题，擦拭着她的眼泪说："我嫌弃你整天掉眼泪，就跟我整天欺负你似的。"

叶子破涕为笑。

我说："你有没有嫌弃我的地方？"

叶子说："我没想过。"

她的简单就像她的眼泪一样，总能呼之欲出，也总能挥洒殆尽。不过简单一些好，没那么辛苦，不用想太多。可是当我走出火车站，遇到了高菡，事情就变得没那么简单。

高菡也是这天回青岛，我没有问原因，提前回去总有原因。我想把她像送叶子一样送到火车上，高菡拒绝了。

她看着我，微笑着说："肖遥，昨天没来得及恭喜你。"

我说："恭喜什么？"

高菡说："恭喜你找回了惦念已久的那个姑娘。"

看来她把叶子当成了暖暖。我没有作任何解释，也不知道该笑还是不笑，回了一句："一直也想恭喜你，找到了一个小雨口中能配得上你的男朋友。"

高菡说:"男朋友?谁啊?"

我说:"不是吗?"

高菡没有回答,转身进站,背对着挥手再见,同时说道:"肖遥,还记得我上次在青岛说的那句话吗?虽然你已经找到了,我还是能看出来你的不开心。"

我不明白什么意思,但是我知道我错了,全部都错了。就像高菡把叶子当成了暖暖一样,全部乱套了。

叶子走后的这个暑假,我们一直保持电话联系。其间有几次,她没有及时接听我的电话,后来又回过来,我也没有多想。可是开学之后,叶子换了新电话号码。很多次跟她吃饭聊天,她时而发呆,时而闪烁其词,显然没有认真对待。

同时,叶子经常一脸的悲春伤秋,心事重重,眼神也少了之前的从容和淡定,多了一分焦虑和不安。对于她的异样,我很心疼,多次质问原因,叶子闭口不谈。我以为她病了,叶子却说:"如果真的一病不起就好了。"

看来她有心事,于是我私下找过一次方芸。方芸很是茫然,说她没有发现叶子有什么异常,还说我是疑神疑鬼想多了。

十一假期,叶子提前请了三天假,早早回家,却没有跟我打声招呼。我很气愤,打电话质问她原因。叶子坐在火车上,说了一句:"对不起,家里有事,着急忘了告诉你。"

我能听出她的无奈,我也很无奈。我猜到她家里肯定有急事,我却爱莫能助。叶子回来之后,眼神越发恍惚,有几次她连跟我直视的勇气都没有了。我也越发感觉跟她产生了距离。我很苦恼，很多次刨根问底。叶子只是一味地哭泣，然后拉着我往宾馆跑去。

她在床上特别主动和疯狂，跟现实中的娇柔和羞涩，判若两人。每次完事，她会流下眼泪，泪水顺着我的胸膛流淌，丝丝发凉，也令我心酸不已。有几次，我被一种奇怪的声音吵醒，一看竟然是叶子在被子里面无声地抽噎。

我问："你不要吓我，到底发生什么事了？"

叶子只是死死抱着我，依旧还是只字不提。

我陷入一种揪心的状态，就像哑巴一样，想说又说不出来，那种滋味令我抓狂。

苏哲说："神经病啊你，人家一个大姑娘已经没脸没皮地无偿赠予了你所有，你却胡思乱想，简直无耻卑鄙。"

侯明说："这属于典型的平静期，热恋都是美好，平静就显得单调。"

江白掐指一算说："叶子的生日快到了，买份大礼，就能重回热恋时的高潮期。"

他们都言之有理。送什么大礼，让我犯了难。思前想后，我决定送叶子手机，因为她一直没有换过，手上那台早就不好用了。不过我更犯难的是钱，买手机不是小数目，再加上谈恋爱花销颇大，我早就捉襟见肘了。

江白献上良策说："借钱。"

这也是江白的生财之道，凡是认识的同学，他都欠过钱。顿时我想起很久以前，他借过我三百块钱，于是伸手讨要。

江白见大事不妙，说了一句："毕业再议。"然后一溜烟跑了。

最后，侯明借给我五百块钱，苏哲借给我一千，不过还差五百。侯明提议把虾米的电脑卖了，虾米一听吓得赶紧掏钱。就这样，我给叶子买了一台新款手机。

可是在生日那天，叶子的电话却突然关了机。

我从上午一直打到下午，叶子的电话始终打不通。我去教室找她，同学说她没来。我在女生宿舍楼下坐等，一直等到关门熄灯，还是没能看到叶子。

中间，我见到了方芸，我跟她打招呼，她不仅视而不见，还匆忙逃离。我给方芸打电话，她也没有接听，再打已是关机。方芸的奇怪表现令我不可思议，同时一种不祥的预感，油然而生。

这是我的习惯，我看待问题通常悲观，这跟我从小不自信有关。就像当年面对暖暖，就像当初误会了高菡。我以为自从遇到叶子，我就变得格外自信，看来还是不行。

那一夜，我无法入眠，给叶子发了无数条信息。我不知道她看没看到，我只想让她开机之后，被信息轰炸，让她知道我是多么着急。第二天，天不亮，我就来到女生宿舍楼下，当楼门打开之际，我便藏在树后，目不转睛地看着每一个走出来的人。我看到方芸，并没有上前询问，她不接电话已经说明了问题。就这样，我一直等到十点左右，叶子没有走出来，反而是从外面走回去。看着她神色不安、慌里慌张，显然一副做贼心虚的嘴脸。

当时已经入冬，天寒地冻，我浑身冰凉，心里更加凄凉。

6

那天，我并没有狼狈离开。我想继续等下去，我想看着叶子从里面走出来，我想证明刚才的一幕只是幻觉。

一个小时后，我如愿见到叶子走出宿舍楼，她换了一身衣服，一边打着电话，一边往教学楼走去。我以为她去上课，没想到十几分钟后又走了出来，然后行色匆匆地往校外走去。看来她是专门回来请假的。

我跟随其后，看着叶子穿过马路，上了公交车，我也打了一辆出租车。

几站地之后，出租车司机不耐烦地说："出租车跟踪公交车，太累人了，而且路程又短，太耽误工夫，还影响生意。"

说得非常在理，挑不出毛病。为了让司机闭嘴，我塞给他五十块钱当小费。司机瞬间换了一张嘴脸，一直跟踪了一个多小时，直到公交车到达终点站，我才发现跟丢了。

我落寞地回到学校，还一路走一路自我安慰：都是幻觉，都是幻觉。我极力克制想让自己淡定，却不知不觉地走到了女生宿舍楼下。就这样，我坐在树下等了一夜。叶子始终没有回来，我也没有给她打去电话。

天亮之后，我回了宿舍。我知道所谓的等待只是一场徒劳，我就像沉沦在大海一般，没有方向，也没有依靠。侯明见我一脸的惨淡，便心知肚明地给叶子打去电话，但接听的竟然是个男人。侯明愣了一下，反应过来之后，电话已经挂断了。

侯明又拿虾米的电话继续拨打，电话已经关机。

侯明火冒三丈，怒骂一声："狗日的奸夫。"

我说："是狗日的奸夫淫妇。"

虾米被吵醒了，窜进厕所撒着尿说："还是我'老婆'坚贞不渝，什么时候也不会出轨。"

这时，江白推门进来了，一脸阴沉地说："肖遥，有人找你。"

找我的人是黄蕊，她也一脸阴沉。我一直认为快乐不能共享，忧伤却会传染。江白和黄蕊已经知道了真相，他们都在替我难过。

黄蕊受叶子的委托，来找我谈谈。谈什么？黄蕊不忍直说，绕了好大一个圈子。我实在听不下去，让她给我来个痛快。

黄蕊看了一眼江白，江白又看了一眼黄蕊。

最终黄蕊说："叶子不敢当面跟你说分手，昨晚打电话让我转告你。"

看来，该来的终将会来，该有的终将存在。我突然有一种击穿心底的悲凉，天空突然变得阴霾，空气突然变得压抑，连冬日的阳光都是刺骨的寒意。我抬头看着一眼苍穹，还是变了天。

黄蕊没有告诉我分手的原因，她说："叶子一直哭，一直哭，什么也没有说。我想她也不知道说什么吧。"

分手无非两个原因，一个是变心，一个是迷了心窍。我想应该是先迷了心窍，然后就变了心。不过想到之前叶子不合常态的种种迹象，看来不是一时冲动，是早有预谋。只怪我傻，没有及时阻止，也怪我对她太过相信，如今连分手的理由都没有给我留下，连一条信息都不敢发给我，连分手都要别人转告。我想我真的很失败。不过这样也好，起码叶子看不到我的狼狈和不堪。

黄蕊说："如果想知道原因，不如去找一下方芸，她或许知道。"

我不会去找方芸，我也不会像一条舔狗一样，四处摇尾乞怜，企图博得无关之人的同情和怜悯。我要保留一丝尊严，于是我对黄蕊说："你替我转告叶子，祝她幸福，同时也祝你和江白一直幸福下去，别像我一样。"

说完，黄蕊泪眼婆娑，不知道是感动，还是对我的怜悯，或者两者都有。不过我更相信是怜悯。

侯明得知此事之后，愤然摔门出去，跑到隔壁宿舍跟女朋友打电话，说起我被甩的事迹。顿时一个楼道都知道了，之前对我羡慕不已的同学，纷纷前来一探究竟。

对于他们看热闹的心理，我连发火的气力都没有了。就像一只困在笼子里的狗，任人调戏，任人肆意观赏。

侯明打完电话，收到女朋友的神秘指示，接着跑了出去，天黑才回来。他气势汹汹地把我从床上拉了下来。我已经瘫如烂泥，双脚绵软。侯明背着我说："我带你去捉奸。"

我们来到繁华街道的一家快捷酒店，这是侯明从方芸那里打听到的地点。自从叶子生日会上他俩认识之后，经常在校园巧遇。我知道这是方芸故意而为，而且她还曾主动请侯明吃饭，侯明借口推辞了。侯明早就看出来方芸对他有意思，他拿捏分寸的程度令我震撼，也令我惋惜。我多次开玩笑诱导他，红旗不倒彩旗飘飘。侯明总是一脸严肃，并斩钉截铁地说："死也不干。"

侯明这次为了我，第一次主动跟方芸联系，然后按照方芸的指引，一个人跑到快捷酒店蹲点，果不其然看到了叶子跟一个男人出双入对。侯明摸清房号，带我来到门外。隔着房门，里面一片寂静。

侯明想要把门撞开，我没有同意，说是自己债台高筑，已经没钱赔偿了。侯明说他有。刚要伸脚，旁边的电梯门打开，叶子和一个男人正在里面。

我们面面相觑，充满敌意，也尴尬至极。

这些年，我有太多太多尴尬至极的事。被苏哲推到暖暖身上，算一次。被长发男生寻衅挑事，却不敢反抗，算一次。在雪地里抱着暖暖摔倒，算一次。去暖暖家里，她母亲却突然回来，算一次。掉进下水道里，差点呛死，被高菡所救，算一次。第一次高菡请吃火锅，算一次。还有很多次想要请高菡吃饭，却没实现，算很多次。

与叶子有关的尴尬之事，少之又少。看来都是平等的，之前没有和叶子发生过的尴尬，全部集中成一次，爆发了出来。

那一刻，时间如同静止，连空气里都没有了尘埃，连走廊里的香味都消散了，连头顶的灯光仿佛都要熄灭。

我好像看到了叶子愣住了，眼神混乱，充满了害怕和担心。我好像看到了她不知所措，又莫名地流下眼泪。我好像看到了情敌的脸庞，他却对我浑然不知，彼此没有一丝的眼神交集。我不知道他是对我表示轻蔑，还是我真的就是空气。当他们从我身边走过，我好像感觉到了叶子的怅然若失，她彻底不再是属于我的那片叶子。冬天的风，吹掉了枯叶，这就是结局。

侯明攥紧拳头，我却拽着他，从步梯一路跑下去。我好想再祝福一次叶子，祝她幸福，祝她春暖花开之时，继续开枝散叶。

侯明许久没有说话，又是看着我。他的眼神里饱含什么，我却看不出来。我大脑早已被刚才的一幕全盘占据。

那一夜，我和侯明在宿舍喝了很多酒，他给我讲了很多道理。我一句也没听，总感觉恍恍惚惚，心神不定。最后，我一头倒在地上，边吐边说："侯明，我很难受，你是不是买了假酒？"

从那天之后，我再也没有见到过叶子。我避开所有可以见到叶子的地方，比如，食堂、图书馆、新闻系的教学楼，还有女生宿舍楼。我的生活又变得单调，我再也没有遇到一个酷似暖暖的姑娘。我不再刻意寻找什么，一切对我来说都是一场梦。失而复得，得而复失，终究还是一场空。留给我的还是一地狼藉，还有像流浪狗一样的不堪。

有一次，我路过一间饭店，里面传来了张信哲的《依依不舍》。歌声依旧动人，也依旧伤人，令我痴醉，令我迷离。我坐在街边，一直听完最后一句旋律，才默默离开。

我想，这首歌的意义，已经不能代替暖暖，代替的是我的悲凉，和对青春的追忆。

大四那年，我和侯明去济南参加公务员考试，遇到了方芸。她和我们住在同一家酒店，我担心叶子跟方芸一起，然后想和侯明换个地方。

侯明说："她没来，放心。"

晚上我们出去吃饭，又见到了方芸。她一个人形单影只地坐在面馆，一碗面只吃了一半就走了。不知道是她胃口小，还是看到我或者侯明没了胃口。

不过等我和侯明吃完饭，她却站在门口，一直没走。

那天，方芸告诉了我叶子分手的原因。

叶子在那个提前请假的十一假期，跟镇上一个领导的儿子订了婚，一毕业就要结婚。这是叶子父母强行安排的，说是领导说会解决叶子毕业之后的工作问题和一切生活问题。当时叶子的母亲干农活摔断了腿，失去了劳动能力。叶子不忍父母劳累，也担心未来的工作问题，迫于压力，就稀里糊涂同意了。

方芸说："叶子现在在电视台实习，以后会留下工作。"

我说："真好。"

方芸说:"那个镇上领导的儿子就是王飞鹏。"

听完后,我突然有种释然的快意。看来有情人还是终成眷属,兜兜转转一圈,还是那个人,还是那段情。我能想象,王飞鹏是如何无所不用其极地挽回叶子的芳心,如何对她山盟海誓,用结婚来感动叶子就范。看来王飞鹏并不是听闻中的无耻之徒,他对叶子也是真心,也或许之前所谓的"出轨",都是叶子凭空想象出来的。

而我只是叶子迷途中的一缕微风,孤独中的一缕阳光。我没有光合作用的本领,帮不了叶子任何事情,唯一能做到的只是借着风力,让叶子在空中荡漾片刻,最终还是要回到属于她的那一方天地。

大学毕业的时候,同学们各自忙碌,也终将各奔东西。就像一场宴席,最后都是别离。

侯明决定回老家,女朋友也放弃了入职大企业的机会,跟他回去。二人准备先找一份工作,同时备考公务员。他们的爱情简单纯粹,可歌可泣。

不过江白和黄蕊就没有那么纯粹,他俩一毕业就分了手。原因是黄蕊一直梦想考上北京师范大学的研究生,于是拉着江白一同努力学习,结果江白考上了,黄蕊落了榜。黄蕊想动用家里的关系给江白也安排工作,江白却犹豫不决,最后二人在出租房里激战一番,也分道扬镳。

虾米最为悲惨,这四年把所有青春奉献给了游戏。他获得了自由，却失去了大学毕业证。父母得知真相之后，没有说他什么。让他去查查身体，结果一查，得了胃病、肝病，还有肾结石。而且虾米黑白颠倒，头发也掉了一半多，远远看上一眼，就像一个弯腰驼背的老头儿。

有虾米做参照物，我的下场就显得特别美好。虽然我两次参加公务员考试都没有成功，工作也还没有着落，不过，我有毕业证，就代表我还有机会。我能够顺利毕业，多亏了侯明。每次考试前夕，他总会强拉硬拽地让我学习，并给我划上考试重点。

后来，每次回忆大学时光，我认为这是我人生中最自由的阶段，没有之一。而这种自由带给我的，就是那份难能可贵的兄弟情义。

在离校的前一晚，我和侯明、江白、虾米，在宿舍喝了一顿大酒。虾米悲春伤秋地说他以后不能光耀门楣，只能子承父业了。那时我们才知道，他家竟然是开网吧的，也算专业对口，欢天喜地。

喝到尽兴之时，侯明哭了，江白也哭了。虾米起身把电脑屏幕砸了，砸完就后悔，说不如卖掉。江白擦干眼泪，抱着主机跑了出去，回来后把欠我和侯明的账还了。虾米却愣住了，一直拉着江白问："你把我'老婆'卖哪儿去了？"江白说："你有那么多'老婆'，还在乎这一个？"

那晚，吃完散伙饭，我一个人在校园里转了转，算是一场缅怀。我穿过了教学楼，路过了食堂，走过了女生宿舍，也看了一眼图书馆的室外楼梯。

我还会无意中想到叶子，她终归是我大学时光中不可磨灭的存在，虽然这场记忆并不美好，却无可代替。叶子终将弥补我的遗憾，也填补了我的缺憾。我感谢她，只是感谢，已经没有任何其他的情愫和向往。我对她的感觉，早就被时间磨平，被岁月吹淡。留下的只剩一场只能存活在记忆中的爱情，还有被她拿走的我的两个第一次。

我走了一圈，又回到图书馆的室外楼梯。我想拍照留念，闪光灯亮起的瞬间，我看到有一个人影正坐在那里。那人也发现了我，然后喊了一声："肖遥。"

是叶子，但是我没有看清，她仿佛被黑暗吞噬。我只能凭感觉和声音认为她在那儿。我想，叶子也是如此。她也未必确认是我，所以我没有回应，不该说些什么，连句体面的告别都开不了口。于是学着之前叶子对我的方式，一句话也没说，径直离开了。我想，这就是我的告别方式吧。

叶子一直默默跟在我的身后——这也是我的感觉。我想，也挺好。她用我当年跟踪她的方式，回敬一程，互不相欠，也算是圆满的告别。不过我还是回头对着无尽的黑夜，轻声说了一句："叶子，祝你幸福。"

第七章 我想要的是一场爱情

1

毕业之后，我也跟万千个应届毕业生一样，从哪儿来回哪儿去。回到麟城的我，有了新的身份——待业青年。

苏哲比我强了太多，他早毕业一年，没有升本，在父亲的运作之下，早早进入企业就职。苏哲也不知动用了什么办法，把林晓月也安排进了公司。同年，苏哲向林晓月求婚，林晓月这铁骨铮铮的女汉子第一次哭得梨花带雨。

不过，凡事太顺，极则必反。苏哲的母亲不同意，她是从门当户对的角度考虑的。林晓月的父母都是个体户，在街边开店经营小本生意，没有稳定收益，没有养老金，而且林晓月还有一个正上初中的弟弟，负担太重。于是苏哲母亲私下给苏哲物色了几个门当户对的姑娘，苏哲很是生气，一个也不见。

苏哲母亲痛哭流涕说："儿啊，你是一时冲动，妈不怪你，不过你还不知道生活的艰难，我不想看到你以后有压力。"

苏哲反驳说:"路是我走的,晓月是我千挑万选的,如果不赞成,我将终身不娶。"

苏哲母亲被吓到了,让我帮忙劝说苏哲。我着实为难,只能高歌一番苏哲和林晓月的爱情。

苏哲母亲唉声叹气地说:"肖遥,你们还小,不懂爱情,在现实面前爱情一文不值。"

我真的不懂,爱情确实太深奥。可是在现实中,我连爱情这个一文不值的东西都没有。

苏哲为了抗衡母亲转而游说父亲。父亲一直隔岸观火,始终没有发表意见,这可能就是领导的艺术,时机不到,绝不出手。

苏哲很是痛心,林晓月也一直追问他什么时候让媒人去家里提亲。这是我们麟城必走的程序,即便自由恋爱,也得有媒人提亲。看似封建礼教,其实很有学问,这是规矩。

苏哲怕林晓月生疑,他知道依照林晓月的个性,一旦知道父母反对,肯定跟他分手,而且相当决绝。

苏哲被搞得焦头烂额,找我商议。

我说:"两条路,一是私奔,一是逼婚。"

苏哲思前想后,觉得逼婚更可行。于是买了一瓶农药,趁着一家人吃饭的时候,装腔作势地向父母宣誓要捍卫爱情,接着一饮而尽。父母吓得魂飞魄散,急忙上前撕抢,这才发现里面竟然装的可乐。

苏哲打着饱嗝说:"这次只是演习,下一次就来真的,你们还别不信！"

就这样，父亲终于开口说："既然如此，那就只能这样吧。"

订婚那天，两家人拍了一张全家福，虽然双方父母都是衣着鲜亮，但姿态和神韵上仍存在着鲜明的对比。

我想，可能苏哲母亲说的不无道理。不过我还是不懂，爱情在现实中究竟会面对什么样的危机？

待业的这段日子，我每天除了听父母唉声叹气，还要夜以继日地学习。父母要求我必须考上公务员。他们在现实面前，对我降低了要求，不再拿我跟邻居王新对比，只要求我必须超过苏哲。我想超过苏哲应该轻而易举，没想到，接连两次考试，先后以一分和半分的差距，被拒之门外。

我认为是运气的问题，因为像往年，只要本科毕业，县直单位都会主动安排工作。可是从我这一届开始，变了政策，必须参加考试。想想真是倒霉透顶。考上公务员的概率跟中彩票的概率差不多，不过中彩票全凭运气，而考试好歹靠实力。但彩票能买一辈子，公务员考试却只有短短几年，简直就像青春饭。我越发迷茫，父母也越发焦虑。

父母知道着急解决不了问题，便苦口婆心劝我考教师。说真的，我内心相当地排斥老师这个职业。没有缘由，就是不想。可能我还保留着最后一丝的自知之明吧。不过我又不忍让父母失望，还是去参加了面试，结果被淘汰了。父母彻底失望了，这次失败的面试终于将父母埋藏已久的情绪炸弹完全引爆。

父亲骂:"别人能考上,你几次三番都考不上,你就是个没出息的东西!"

母亲吼:"没有体面的工作,以后你该如何生活?如何娶妻?如何养老?你爸说得没错,你就是没有出息!"

句句都是现实,字字都在诛心。

我的很多同学,也没有体面的工作,但是看起来照样活得开心。不像我,只能苦兮兮地考编制。在父母的轰炸之下,我也终于释放出了压抑已久的情绪。

我说:"难道没有体面的工作,就走投无路了吗?苏哲的工作是他爸给安排的,为什么他爸就可以,我爸就不行?"

我的反抗,令父亲一脸的痛心。我也说中了要害,被父亲上前扇了一巴掌,母亲没有阻拦,淡淡说了一句:"都是为你好。"

2

我从小挨过的打,怎么都数不清。小时候因为淘气,挨打。长大后,因为成绩,继续挨打。不过我已经不是以前,睡一觉就忘了。我已经二十多岁了,这一回,我很难过。父母说得对,没有考上,完全是我自身的原因。我还是之前的我,依旧没有出息。

我决定离开这个家,找个能够出人头地的地方。父母也没有反对，让我赶紧滚蛋。滚去哪里？我没有方向，也没有路费，于是去找苏哲。

苏哲已经跟林晓月住进了准备好的婚房里，说是婚期来临之前，先让林晓月怀孕，这样就能双喜临门。他的规划真的很美好，而我的美好遥遥无期。

那天，我在苏哲家住了一晚。林晓月炒了几个菜，一副贤妻良母的做派，令我不敢相信。

林晓月却说："过日子就是这样，都得学着适应。"说完把一部分炖好的排骨装进饭盒，给苏哲父母送去。

随后，苏哲神神秘秘地打了一个电话，说有惊喜。以我的状态，只有惊吓，哪来的惊喜。当程飞扛着两箱啤酒出现之后，我很惊讶，露出了许久没有的笑容。

程飞被判了四年，由于表现优异，不到三年就出狱了。他脸上已经没有了之前的戾气，连坐姿都透着严谨，再也不提什么狗屁江湖规矩。还有林晓月，如果不是亲眼所见，我打死不相信她会为苏哲做饭，更不敢相信她还有那份孝顺公婆的心。看来，人真是会变的。

那晚，我们喝了很多的酒，谈起了很多的往事。程飞说他这辈子最感激的三个人，一个是我，一个是高菌，一个是苏哲。如果不是我，高菌不会帮他。如果不是高菌，他可能还在监狱。如果不是苏哲，纺织厂倒闭之后，他不会有一个做房地产销售的好工作。

说着说着，程飞潸然泪下。我和苏哲以为情到深处，免不了伤感。程飞却说:"我主要是心疼高老板,那么好的一个人,那么好的一个纺织厂,怎么他妈的说没就没了呢。"

那时我才知道,程飞出狱之后,工作不好找,高菡便把他安排进了父亲的纺织厂工作。半年后的一场金融危机,致使企业倒闭,高菡的父亲拼尽最后一丝气力,把本该用来还银行贷款的钱,全部拿来发了工资。时至今日仍是债台高筑。

我很担心高菡,她的日子一定不好过,于是想给高菡打电话,可是当拿出手机之后,我又默默放了回去。我现在连一百块钱都没有,我谁也帮不了,自身都难保。

第二天苏哲要借我三千块钱,我只借了一千,我怕还不起。

苏哲很生气,说:"全拿走,要不然断交。"

我说:"断交就断交,正好不用还了。"

林晓月从苏哲手中把钱夺了过来,数了一千,硬塞到我手里,说:"刚才算苏哲的,这算我的,都是朋友,这样总可以吧。"

我很感激,却说了一句:"我好像又多赚了一千。"

林晓月说:"肖遥,看到你一如既往地胡说八道,我知道你没有被打倒。"

苏哲则无奈地说:"出去走走也挺好,不过外面千好万好不如家好。"

就这样,我背着简单的行囊来到火车站。一切都很熟悉,却越发破旧,连商贩都在日益减少。曾经的热闹,已成为历史。我看着扛着编织袋外出打工的农民,看着衣着得体的男人,却在直勾勾盯着打扮妖艳的女人。真是人生百态,尽收眼底,无论何人终究逃不过一辆绿皮火车。而我却就像一条被抛弃的流浪狗,即便踏上火车,也不知该去往何方。

就这样,我在火车站从上午一直待到下午。

我想去找侯明,但他跟女朋友已经考上了老家的公务员,正在筹备婚礼,这时候过去,明显是在添乱。我想去找江白,不过半年前他还找我借钱,看来过得也不太好。我想去找虾米,听侯明说虾米住院了,我去了他也无法照顾我,只能我照顾他。

最后,我想到了李大头。他在北京当兵,已经成了士官,还给领导开上了车,可谓是风生水起。我去售票处咨询,得知当天去北京的火车已经没有了,想去只能再等一天。

当我正在考虑之际,有人从后面拍了一下我的肩膀,回头一看,竟然是高菡。

她问:"你在干吗?"

我说:"不干吗。"

她问:"你去哪里?"

我说:"你猜?"

高菡笑了,仿佛猜到了我的境遇,然后说:"我回青岛,要不要一起?"

3

那一刻,高菡的笑容成为我生命中不可磨灭的一道曙光,令我感到了温暖和幸福。

我和高菡坐上了前往青岛的火车。铁轨和车轮摩擦,发出咆哮的声音,就像一头野兽正在呼啸狂奔。如同碾压着时间的齿轮,在告别往昔。

坐在硬座上,高菡没有谈及家中变故,我也假装不知。高菡说她大四开始,就在一家教育机构做音乐老师,不仅挣够了学费,还赚到生活费。可是毕业之后,就有了压力,这来源于房租太贵,幸好小雨也找了一份幼师的工作,一块分摊房租,所以,她们一直吃喝不愁,生活也算惬意。

我很心疼,也很欣慰,高菡失去了很多,却没有丢失自信。而我失去更多,全部因为没有自信。

我们乘坐的这班火车需要一夜的时间才能抵达青岛。到了半夜,气温下降,车厢里的喧闹声越来越小,鼾声越来越多。不知不觉中,我们睡着了。半夜醒来,高菡正靠着我的肩膀熟睡,我没有打扰,小心翼翼地为她盖上衣服。我突然感觉到一股颠沛流离的凄凉,和同甘共苦的甜蜜。

我以为我的美好生活将在全新的城市开启,可是走出火车站之后,一个高大的男生来接高菡。高菡向我介绍说:"忘了告诉你,这是我男朋友吴子栋。"我的美好梦想瞬间破灭,一切全部归零,澎湃的心轰然倒地。

高菡问我有什么打算？接下来去干什么？

我故意看了一眼手机，假装若无其事地说："我也忘了告诉你，我朋友刚发了信息说来接我，你们快回去吧。"

高菡看了我一眼，显然半信半疑。

我看着她笑着说："你男朋友很帅，配得上你。"

高菡却说："有事给我打电话，24小时开机。"

就这样，高菡和吴子栋手挽手离开，而我形单影只地往反方向躲开。

我不知道该去哪儿，但青岛偌大的地界，总有我的容身之地。

我走了半条街，又担心被高菡看见，便钻进一条胡同，靠着墙根，我想这里应该不会被打扰。

接下来我找了一家旅店住下。这是我走了好几条街才找到的最便宜的地方，一天五十块钱。不过便宜没好货，房间里除了床什么也没有，连刷牙洗脸都要跑到院子里的公共厕所。

我白天去网吧投简历，晚上坐在床边，一边看着窗外的热闹，一边喝上几瓶啤酒，直到晕晕乎乎，酒劲上来，才倒头就睡，要不然睡不着。

旅店的老板不光经营旅店，还在隔壁经营着一家海鲜大排档。老板是一个四十多岁的秃头，东北人，大肚腩，一看就是被青岛扎啤撑出来的。夏天属于旅游旺季，可是旅店只有我一个客人，显然这种廉价旅馆已经被时代淘汰，就像我一样。不过旅馆还有海鲜大排档撑着，不至于倒闭。而我，什么也没有，只有一条命。

海鲜大排档的生意其实也不太好，可是对面的大排档却人声鼎沸，热闹非凡。我找工作并不顺利，不是我不满意，就是对方不满意，我只能漫无目的地耗下去。当我只剩下三百多块钱，眼看就要走投无路的时候，正好看见老板在门口张贴招工广告，想要招聘一名揽客工。我上前聊了几句，得知老板认为生意不好的关键就是缺了一名揽客工。

我问："工资怎么算？"

老板叼着烟卷，拍着肚子说："两千五。"

我说："只是揽客，不是销售？"

老板一脸无措地吐了一口浓痰，显然没有明白什么意思。

我解释说："揽客是不是只负责把客人引进店里，没有消费提成。"

老板说："那还用说。"

我问："包吃包住吗？"

老板说："包。"

我问："您看我行吗？"

就这样，每天傍晚我举着广告牌，腋下夹着菜单，在大排档门口揽客。第一天，我特别难为情，很多游客从我身边走过时，我总是羞涩地低声询问。游客见我畏畏缩缩，以为是黑店，转头就被对面负责揽客的黑子截走了。

老板远远看着，指着我的鼻子对我一顿呵斥，还让我学习黑子是如何敬业的。

我挺佩服黑子,他年龄比我小,却相当老练,一看就是没上几年学早早步入社会,练就了一张能说会道的巧嘴和一身察言观色的本领。黑子虽然与我是竞争关系,却为人热情,曾背着老板偷偷让我跟他学两招。一是见了女的,别管长什么样,一律喊美女或者美女阿姨;见了男的,一律喊老板或帅哥;见了不男不女的,就喊哥们姐们。二是声音要大,别怕被骂,如果不大,老板就骂。

就这样,我很快进入角色,每天和黑子站在街道两边,肆无忌惮地吆喝。我从未设想过我的人生竟然有此一幕,可能所谓的自尊在生存面前,着实不堪一击。

我除了揽客,还做勤杂工。除了买菜有老板亲自上阵,后厨有厨师老严和徒弟小严,结账有老板娘亲自过目,其他端菜、洗碗、扛啤酒桶、搬椅子挪桌子、倒垃圾,等等,只要忙不过来,服务员莉莉就会支使我干这干那。

这让老板娘颇有微词,经常训斥莉莉别得寸进尺。莉莉从来不听,还经常回撑几句。

老严私下跟我说:"莉莉跟老板有一腿,所以不怕老板娘。"

而我认为老板娘是个好人,对我也挺好。之前,我跟老严、小严挤在一个阴暗逼仄的小黑屋,里面不仅脏乱差,还有满天弥漫的臭脚味,令我着实无法忍受。于是老板娘把我调到了之前入住旅店的那个房间,说是空着也是空着。这是我在这里第一次体会到的温暖,我当时特别感激。

可是老严不那么认为,他悄悄告诉我:"老板娘很风骚,八成是看上你小子了,不过不用担心,他们两口子各玩各的,互不干扰。"

老板娘四十来岁,正值风韵犹存的年纪。到底骚不骚,我不敢断言。就像当年别人说暖暖一样,令我觉得憎恶。不过老板娘整天浓妆艳抹,再加上豹纹蕾丝的打扮,显得很是招摇。很多次,顾客还以为大排档是风月场所。

老严一脸得意地说:"老板娘跟我有一腿,千万别告诉第二个人。"

几天后,小严又告诉我:"老严是不是说他跟老板娘有一腿?他在骗你,其实我才跟老板娘有一腿,千万别告诉老严。"

这关系太乱了,我都不知道该相信谁。

我干了大半个月,大排档的生意没有好转。老板召集大家开会,并把责任推给了我。

我反驳说:"我没少揽顾客,但是人家坐下就走,这跟我有什么关系。"

老板娘帮我说话:"肖遥说得没错,原因出在莉莉身上,整天跟客人拉着脸,也不知道这一脸媚笑都给谁看了,客人不走才怪。"

莉莉不屑地看着老板娘,一副想要吵架的姿态。又看了一眼正递着眼色的老板,接着把责任推给了老严,说老严炒菜水平不行。

老严不服，拎着炒勺说："说俺水平不行，也没见莉莉少吃，再说俺可是大酒店出来的，接待过外宾，也伺候过明星。"

老板很无奈，为了不影响团结，又必须树立权威，便对着一言不发的小严呵斥一番："大家都没错，那就是你的错，晚上罚你不吃饭，好好想想你哪里做得不好。"

小严一脸的茫然。

随后，我提出了我的想法。"首先是咱们的海鲜虽然跟对面是同一家供货商，但是品质有差别。我认为老严是大厨师，见过大世面，接待过外宾，还伺候过明星，应该让老严在食材上把把关。"

老板同意。老严也被我夸得一脸憨笑。

"其次，"我说，"虽然咱们跟对面的菜单价格一样，菜品也相似，但是对面的客人在点菜的时候，服务员就提醒有折扣，所以回头客多。"

老板娘抢答说："让莉莉这个骚……让莉莉也跟客人说打折。"

我说："这样不行，这样就成了东施效颦，邯郸学步，治标不治本。"

我拽了两个成语，顿时把所有人都拽蒙了。

老板和老板娘像看见了曙光一样，异口同声地问："那该怎么办？"

4

我的办法很简单,第一个是每天推出两种特价海鲜,以走量为主。第二个是老严每天收工之后,总会把臭鱼烂虾烩成一道下酒菜,我吃过一回,味道相当好,于是建议老严把这个菜当成主打菜,取名"四海一家",并让莉莉主推。第三个就是客人入座后,先送两个小凉菜,让客人感觉不好意思走。第四个就是照搬对面大排档的做法,打折。

老板早就黔驴技穷,只能死马当成活马医。半个月过后,生意明显好转。又过了半个月,生意跟对面旗鼓相当。

老板喜出望外,多次对我赞赏。不过只是夸赞,从没有拿出真金白银。老板娘就不一样了,她发给我工资之后,又跑到我的房间塞了一千块钱的红包,说是每个月都有,生意越好,红包越大。说完还不忘摸一下我的胸脯,让我浑身不爽,感到恶心。看来老严说得没错,老板娘果然风骚。

我见时机成熟,便开口要求涨工资。

老板娘正在兴头上,爽快问道:"有功就该奖,也确实该涨。涨多少?五百怎么样?"

我说:"一千五。"

老板娘吓了一跳,妩媚的脸变得狰狞,说:"下个月再说。"

然后摔门而去。

其实，我不是漫天要价，我打听了周围几家大排档的工资，都比我的高很多。黑子的底薪就是三千，每月还有一两千的提成，年底还有红包。不过我肯定不会干到年底，干一天算一天而已。

黑子看到我们这边的生意起死回生，很是疑惑，多次问我究竟什么原因。

我很自豪地说："有高人指点。"

黑子问："高人是谁？"

我没有告诉他。

黑子私下送给小严两包香烟，小严把改良的细节全盘托出，唯独一点没说，就是高人是我，反而拍着胸脯说他就是那个高人。小黑当然不信，于是想请我吃饭。我以店里太忙为由，拒绝了两次。第三次，黑子直截了当地问我，想不想换个工作的地方，他老板正在筹备新店，正是用人之际，到时候他和我可以联手经营，说不准还能承包过来。

这倒是个好事，不过也是大事，我正在思忖之时，高菡给我打来电话，让我去她家里吃火锅。自从火车站一别，这近三个月的时间，高菡给我打过几次电话，询问我的情况。我谎称找了一份文案的工作，公司全是美女，每天深陷万花丛中，流连忘返。高菡总是笑着说："小心胡说八道扎伤你。"

高菡也曾喊我一块吃饭，我拒绝了，说是太忙，整天加班。这个倒是实话，我没有骗她。这次高菡给我打电话，一改往日商量的口吻，直接命令我必须来，还把地址发给了我。

我请了一天的假，去商场买了新衣服和新鞋子，又剪了头发，还洗了一个澡。我不想让高菡看出我的落魄，也不想让高菡闻到我身上海鲜的臭味。当我看着镜子里的自己时，却怎么都感觉不是我。

去高菡家里做客，总不能空手去，买什么让我煞费苦心。因为她已经不是单身，我得慎重。于是，我采用了最妥善且笨拙的办法，把市面上能看到的所有麻辣底料，全部买一遍。满满两袋子，因为我觉得喜欢吃辣的她，总有一款会中意。

高菡和小雨住的地方是一个破旧的老式小区，外楼的墙皮都斑驳了。我爬到指定的五楼，小雨开门，一脸的惊讶，显然高菡没有告诉她。高菡正在厨房忙乎，我过去想要帮忙。高菡把我推了出来说："你去歇着，待会儿看我的秘制手艺。"

这里是两居室，高菡和小雨每人一间。高菡的房门开着，我伸头看了一眼，干净整洁，飘散着女生的香味。可是小雨的房间，房门紧闭，死活不让我参观，里面的状况可想而知。

高菡把火锅端到餐桌，肉类和蔬菜也悉数摆好。王雷伸着懒腰从小雨的房间走了出来，难怪不让我看，原来破屋藏汉。

小雨说："不是藏，是光明正大。"

多年不见，王雷还能一眼认出我，看来我变化不大，也倍感亲切。于是我夸赞王雷是难得的痴情郎，那么多年都没有甩了小雨。

小雨一听不乐意了，说："肖遥，你还是那么损。"

这时,有人敲门,高菡说肯定是吴子栋。开门,确实是他。他手里拎着两瓶白酒和两瓶红酒,气喘吁吁地说:"爬楼太累,早就让你搬我那里,就是不听,就是不听,累死我了。"

高菡没有说话。

吴子栋见我也在,打了一声招呼,便笑盈盈地对着高菡解释说:"我主要是心疼你,怕你累着,也怕这里不安全。"

高菡说:"我习惯了这里。"

高菡的火锅很惊艳,味道难以言表地鲜美。我以为是我很久没有吃火锅的缘故,可是王雷和小雨赞不绝口的同时,又说如果汤底再辣一些,绝对完美。

高菡说:"子栋不太能吃辣,所以我少放了一半辣椒。"

吴子栋说:"吃辣椒上火,我劝你们也少吃点。"

这是我第一次见高菡为一个男人改变自己的口味,我想我可能是看错了,也可能爱情真的可以改变一个人。他们的爱情,就像滚烫的火锅,一直冒着幸福的泡泡。咕嘟咕嘟的声音,就像心跳一样,美满祥和。而我就像升起的热气,除了碍眼,毫无意义。

那一晚,他们聊得很开心,我在一旁听得很孤寂。四瓶酒全部喝完之后,王雷没有尽兴,又趿拉着拖鞋跑出去买了两箱啤酒。回来爬楼的时候摔烂了一箱,腿也磕破了。小雨很心疼,拿酒精给他消毒。

吴子栋也趁机说:"亲爱的,你这里环境太差了,楼道的灯坏了那么久也没人修理,咱俩的婚房都准备好了,就搬过去吧,要不然我很担心,也很心疼你。"

高菡笑了笑,却对我说:"肖遥,还没来得及告诉你,我要结婚了。"

5

我忘了当时自己是祝福高菡,还是愣在一旁。从吴子栋的口音我能分辨出他是青岛本地人,找个有房有车有工作的本地人,对高菡来说是一个不错的选择,也是一个很好的归宿。本是一件皆大欢喜的事,我却欢喜不起来。

我也忘了自己有没有询问婚期,我脑子被酒精麻痹了,干了什么,说了什么,一片模糊。不过我清晰地记得,在走之前,我怕没有时间参加她的婚礼,提前放下了两千块的份子钱,还说了一句:"祝你幸福。"

我没有看清高菡的脸,我眼前的一切都是混沌的。

我回到旅店,躺在床上,却睡不着,听着窗外的喧嚣,夜晚也是如此浮躁。大排档依然灯火通明,黑子揽客的声音也声声入耳。这时,有人敲门,老板娘进来了,问我是不是喝多了,是不是因为没有涨工资,故意闹情绪。

我说:"不是。"

老板娘说:"我可以给你涨工资,不过你跟我出来一趟。"

我警惕地问道:"什么事?"

老板娘媚笑着说:"我的好弟弟,当然有东西便宜你。"

我被她带到一个较为隐蔽且没有窗户的房间，里面散发出阵阵发霉的味道，令我想吐。老板娘堵住房门，接着脱去上衣。我这才明白她说的东西，很不是个东西，令我恶心，接着胃里一阵翻滚，吐了她一脸。老板娘花容失色，赶紧去换衣服，我也趁机跑了出去。

去哪儿？我不知道。我沿着巷子四处溜达，漫无目的，就像当初来到青岛时一样无处可去。

黑子不知从哪儿冒了出来，追上喊我："哥。"

我说："有事吗？"

黑子说："喝点去？"

我需要压压惊，这一夜不仅心惊肉跳，还有猝不及防的悲凉和失望。

黑子带我来到一个小摊上，一人一杯扎啤。黑子说他酒量不行，最多能喝一杯，不过跟我喝酒，他会拿命作陪。我很是感动，也不知真假，便说我酒量也不行，不过我会拿胃作陪。我们每人喝了一杯又一杯，越喝越清醒，也越聊越投机。

黑子谈了很多大排档的故事，也说起了他的事。他是聊城人，跟同村的老乡出来打工，五年攒了十万块钱，去年结婚，把钱全花光了。他说很值，老婆很漂亮，现在怀孕了。他希望是个女儿，因为儿子结婚太花钱，如果上不了大学还得跟他一样外出打工，没有盼头。女儿就不一样了，长大后找个婆家，不受欺负就是幸福。不过黑子却说他也有梦想，就是开饭店，现在正好有机会，不想错过。

我说："有梦想真好。"

黑子说："哥，你一定上过大学，第一次见你就感觉跟我们不是一路人。"

我说："没什么不一样，现在混得还不如你。"

黑子坚定地说："以后就不一样了。"

我不知道什么是以后，以后又会成什么，或许不如现在，也或许还是现在。我没有力气去想，想也没用。我在为一日三餐发愁，面对生存问题，以后的一切都无暇顾及。

黑子问："哥，合作的事你考虑得怎么样？我真心希望你能帮我。"

黑子终于说到了主题，可是我已经不想继续留在青岛。我在这儿，只是过客。莫名其妙地来，怅然若失地走。我把他拒绝之后，又怕打消了他的梦想，便告诫他："做生意一定要尽心尽力，一切为顾客考虑，只要做到问心无愧，生意一定不会差，老天有时候是开眼的。"

黑子点着头，一脸的遗憾和感激，接着跑到街角狂吐不止，这是他第二次吐酒。我示意别喝了。黑子不同意，擦了擦嘴，说："哥，接下来有什么打算？"

我说："不知道。"

那晚，我们一直喝到凌晨三点多，小摊收工之后，我们也该走了。最后黑子用坚毅的眼神看着我说："哥，这里不是你该留下的地方，你该走了。"

确实该走了。

走之前,我去了一趟海边。还有一个小时就要日出了,我想最后去看一眼。

这次来青岛,我很多次感到孤独的时候总想去看看大海,又怕看到之后更加孤独,所以一直没有勇气。我走到海边时,夜色依旧是夜色。大海深邃无边,宛如一个黑洞,吞噬着一切,却吞不走我的孤独和落寞。海浪拍打的声音就像啃食骨头,却啃不掉我的无助和迷茫。

我对着大海,一声一声地咆叫。我试图挣扎,企图反抗,却像被遮住的繁星,没有一丝光亮。我终究还是没有出息,终究还是微不足道的一粒尘埃。

我的叫声,惊扰了不远处一对正在拥抱的年轻情侣。我很羡慕他们,我仿佛看到了当年和暖暖在海边等日出的情景,除了拥抱,同样心似火烧。

为了不再打扰别人,我往前方走去。我掏出手机,想给高菡发条告别的信息,编完又删了。我怕打扰她睡觉,也怕被吴子栋看到,我不想为此产生误会。

走着走着,我走到第一次看日出的那片沙滩,却终究没有找到那块礁石。不知道我是故意忘记,还是真的无从记起。这令我悲伤不已。

我没有坐等日出,对我来说,太阳即便出来,对我也没什么意义。所以在破晓之前,我拍打着身上的沙粒赶紧离开。可是朝阳的第一束阳光,还是映在我的背影上,拉出一条长长的影子。我低头看着另一个自己,越看越像一条流浪狗。

我想,应该就是狗。

6

我去了北京,不是因为李大头在那里的缘故。我坐在火车站的候车大厅,看到墙上有一幅中国地图,偌大的疆域,总有属于我的一方净土。于是我扔了一枚硬币砸了上去,砸中哪里就去哪里。就这样砸中了北京,这是天意。

青岛去北京的班次很多,这就是大城市和麟城小县城的差距。我坐在高铁上,四个多小时后将抵达北京南站。这是我第一次坐高铁,我想把第一次留给同样是第一次去的北京。看着窗外飞驰而过的景物,我不禁感伤,难怪麟城火车站的风光不复存在。

我依稀记得,第一次坐绿皮火车好像是八岁时跟父母去济南。当时的火车站人山人海,火车一进站,人们一拥而上,动作稍慢一点,就得爬车窗。我就是被父亲高举头顶从车窗塞了进去。每过一站,站台总会涌现一批卖各种东西的商贩,即便火车缓缓驶离,商贩也会快步追赶,做最后的交易。这种景象,不知从何时慢慢消失了。

时代在改变,但父母的思想就跟他们的争吵一样,不曾改变且固若金汤。他们认为争吵就是生活,就像认为走出去才能有出息。所以这段时期，我往家里打过几次电话，他们就认为我有出息了。

出站后，李大头站在我面前，英姿飒爽，人精瘦了很多，也结实了很多，连标志性的大头都小了一号。在高铁上，我给他发了一条来北京的信息。他只回复了两个字：收到。我不确定他这个收到是什么意思，李大头的出现，让我悬着的心放了下来。

李大头问："咱俩几年没见了？"

我掐指盘算。

李大头说："中间春节我回家探过一次亲，见过两次，现在又过了两年零三个月二十一天，真快。"

他的准确数字，令我汗颜。我也感慨，他有多孤独，才会数着日子度日。

李大头气质变了，内心没变，对我依旧很仗义。他先是把我安置在了部队大院的招待所，晚上带我去了一家颇为气派的北京特色餐馆。

李大头说："本来白霜说好一块过来，公司临时加班，脱不开身，所以你无福欣赏美女。"

白霜是他女朋友，也是林晓月的表姐。李大头上次回家探亲，林晓月提起有个大学毕业一直孤身待在北京的表姐，让李大头方便的时候照顾一下。没想到，李大头很方便，照顾得很全面，狂轰滥炸两个月，成功拿下了。李大头形容这是一场攻坚战，不能给对方留有一丝喘息的机会。苏哲很纳闷，难道林晓月的亲戚品位如此之低？李大头说："我们军人有魅力。"

这话不假，铿锵有力。

那顿饭，李大头本来想喊战友作陪，我没有同意，说："你一个人就能把我喝倒。"

这话也不假，不过李大头喝了两瓶啤酒就去了厕所，又喝了一瓶，接着去厕所，我以为他肾虚。当我跟去厕所，看见他吐了一地。

李大头脸色惨白地说："去年得了胃病，之后就不行了。"

我说："那就不喝了。"

李大头说："那可不行，你来了我高兴，再喝最后一杯，不，三杯。"

喝到第二杯的时候，气势汹汹地冲进来一个姑娘，一手抢过李大头的酒杯，一手拧着他的耳朵，疼得李大头龇牙咧嘴。

李大头连连求饶："我错了，我错了，不喝了，真不喝了。"

姑娘就是白霜，相貌和身材没有什么可圈可点的地方，脾气倒是很特别。果然跟林晓月是亲戚，比林晓月有过之而无不及。

我急忙劝阻说："不喝了，真不喝了。"

白霜不同意，说："那么多年的兄弟，好不容易见面，我替他喝。"

盛情难却之下，我也不想破坏气氛。没想到一瓶啤酒之后，白霜也跑到厕所吐了起来，回来接着喝。看来他俩真是两口子。

我在招待所住了三天，上午去网吧投简历，下午去找房子，晚上李大头带着我去看夜景。第四天，我在部队大院对面的小区租了一间不足七平方米的地下室，只有一张双人床，进门就上床。看来江白说的很真实，我体会到了。周围交通便利，出门就是万寿路地铁口。房租一个月六百，按月缴纳，没有押金，这才是我最满意的地方。

李大头却不满意，说："这之前是防空洞，隔成了几十个房间，密密麻麻像蚂蚁洞，而且这里鱼龙混杂，不安全，上面有简易房，价格也不高。"

我说："我问过了，一个月最少两千。"

李大头诧异问道："至于到了这种地步吗？"

我笑着说："比这条件差的我都住过。"

李大头说："肖遥，你毕业一年多了，都干了什么！"

我很惭愧，又不想被看穿。苏哲也曾打电话问过我，干的什么工作，同事里有没有美女。我用回复苏哲的话，回复李大头说："这是个秘密。"

7

我投的简历都是偏向文案和策划方面的岗位，这是我在青岛那段时间里，深思熟虑之后确定的方向。那时候我迷茫到连想干什么都不知道，现在知道想干什么却依旧迷茫，因为我喜欢这类行业，这类行业并不喜欢我。接连面试了几家公司，都没了下文。我深切体会到,一个普通院校的本科生,没有工作经验,没有社会关系,想在北京有立锥之地,实属不易。

李大头看出了我的焦虑,说:"放心,我有办法。"

三天后的晚上,李大头笑嘻嘻地来找我,笑得很惬意,也很踏实,最后说:"肖遥,记者你愿意干吗?"

我不知道李大头用的什么办法,敬了多少杯酒,花了多少饭钱,吐了多少次。那一刻,我心中的感动和酸楚,无法言表。

李大头给我找的工作是在一家名叫《联合商讯》的杂志社当记者,杂志社一共二十多人。杂志每月发行一期,市面上没听过,也没见过。入职之后,邻桌的同事赵旭说,杂志只在南方部分城市发行,真假难辨,他也是听邻桌的邻桌说的。

我对这里的氛围很满意,一人一个格子间,一眼望去,要么玩手机,要么跟邻桌私语,要么浏览购物网站,工作的人寥寥无几。散漫程度令我惊喜,如果大家都积极向上,我还担心自己融不进去。

我被分配到了产经组,负责人是梁姐,一个妥妥的中年美女,气质和容貌完全碾压林志玲,她所到之处,芳香扑鼻,收获无数目光,简直就是熟女的天花板。梁姐特别慷慨,一周只来工作一两天,来了就请我们这组全体人员吃午饭。每次都是楼下餐厅的酸菜鱼,后来我才知道,她来上班就是为了这口酸菜鱼。

赵旭说杂志社的存亡全靠梁姐一个人撑着,她跟上游的投资方关系很好,连社长都要看她脸色,难怪梁姐潇洒自如。

梁姐给我安排了一个女师父,年龄相仿,却老气横秋,土不拉叽，还有一个更土的名字叫李爱花。她为了掩人耳目，取了一个英文名字叫Flower，但是别人一喊这个名字，我就恶心。

我不是以貌取人，虽然也有这方面的成分，主要是她的工作方式十分卑鄙。自打我入职，她便把手头大部分工作丢给了我，还厚颜无耻地说："这是为了让你快速成长。"

我说："成长总得有养料吧，总不能拔苗助长吧。"

李爱花问："你什么意思？"

我说："你连如何入手都不传授，我无从下手。"

李爱花眉头紧皱地说："你没干过记者吗？哦，看来又是一个关系户。"

据赵旭说，杂志社的关系户很多，他也是其中之一。当时我半信半疑，经李爱花一说，我深信不疑。

赵旭说，李爱花清华毕业，入职三年，属于资深员工，却没有混上一官半职，落差太大，导致心理变态。

我说我领教了。

赵旭说，不过她虽然变态，却很势利眼，这算个优点。

我说我见识了。

因为从那天之后，李爱花不再对我居高临下，反而和风细雨，我却不寒而栗。因为不怕丑女恶毒，就怕丑女温柔，这种温柔没法忍受，也无法直视。我多次问她如何开展工作，她只字不提，还说："随便写写，反正有王哥把关。"

王哥五十出头，是我们产经组的顶梁柱，也是杂志社的良知,更是一个难得的好人。王哥知道我的境遇,多次拖着残疾的右腿,一瘸一拐过来找我,教我如何写稿,如何采访,如何抓住新闻点,每一次都令我醍醐灌顶,每一次都让我感激涕零。我多次想请他吃饭,表达谢意。王哥只是拍着我的肩膀说:"没必要客套,好好干。"

赵旭跟我说,王哥的瘸腿是被人打的,因为他的才华招人嫉恨。后来跟王哥混熟之后,王哥主动提起过去。之前他是报社的记者,在圈内小有名气,因为揭露了一家私企偷税漏税的问题,在家门口被几个黑衣人砸断了腿。他从此事业尽毁,却一直没查到真凶。他从报社辞了职,由于残疾,不好找工作,只能来到这里。

我说:"记者还成了高危行业?"

王哥说:"那看你怎么理解'记者'二字。"

我问:"怎么理解?"

王哥说:"可以当好人,也能当坏人。如果你想当好人,那就忠于事实真相。"

王哥给我上了一课,很震撼。

王哥教会我很多,私下也帮助我更多。他主动从梁姐那里争取到很多新闻发布会的差事。这是美差,有数额不等的劳务费。每次我都会把费用跟王哥平分,王哥从来不收。还嘱咐我:"一定要实事求是,保留底线。"

我明白他的意思,不让我拿了好处就肆意吹捧。

我说:"我记住了,师父。"

李爱花见我称呼王哥"师父",很是吃醋,多次找王哥理论,说他抢了她的风头,还有人。其实,更多的言外之意是抢了她的劳务费。

王哥从来不声不响。

有一次被我撞见,跟李爱花理论起来。

李爱花淡淡地说:"你是关系户,也是叛徒,懒得理你。"

三个月的实习期结束,我的业务能力不仅游刃有余,生活水平也明显好转。不仅还了苏哲的两千块钱,还剩下一万多块,我把零头留下,其他全部转给了父母。

父母激动不已地说:"有出息了,有出息了。"

我说:"清华毕业不过如此,跟我同事。"

父母更加激动地说:"有出息了,有出息了。"

那一刻,我捧着手机的手一直颤抖,我想哭,却哭不出来。这一句话,我等了二十多年。

其实,攒下这点钱,着实不容易。我每天早晨七点起床,在小区门口买六块钱的包子,中午只吃一碗十二块钱的马兰拉面,或者是盖浇饭,总之不能超过十五块。晚上要么不吃,要吃绝不超过十块钱。我从不乘坐出租车,一律公交和地铁,便宜。周末没事,要么李大头带着白霜来找我玩,要么我去西单图书大厦,一待就是一天。生活单调,也很乏味。

不过地下室无论何时都热闹非凡,李大头说得对,这儿鱼龙混杂,且都是穷人。房间隔音极差,隔壁放屁都能听得一清二楚，也让我练就了闻声识人的本领。只要传来凤凰传奇歌曲的，一定是饭馆的服务生和厨师。只要听见走下来咳嗽两声，把声控灯震亮的，一定是左侧邻居那对东北夫妇。只要听见趿拉着拖鞋，快步而走，还不时咆哮一声"天妒英才"的，就是我对面的愤青小哥。我不知道他究竟受了什么刺激，一双眼睛总是透着委屈。

不过最有故事的当属我右边的邻居。她上午睡觉，下午出门，半夜回来，每次都能听到她的高跟鞋发出"嗒嗒嗒"的声音。她隔三岔五带着不同男人回来鬼混，噪声极大，毫不避讳。有几回东北夫妇忍无可忍，敲门骂上几句。她也不回应，也不收敛。我很惋惜，她身材高挑，样貌出众，连声音都如此迷人，看来她一定有难言之隐。

有一回，我忘记锁门，她喝醉回来，直接推开我的房门，倒头就睡。我吓了一跳，试图把她赶走，但她已经烂醉如泥。就这样，我们各睡各的。醒来，她看衣服全在，连鞋子都没有脱，问我是不是男人。

我说："我这是尊重你。"

然后她哭了。

看来我尊重她，反而伤害了她。

之后，她带男人回来，不再肆无忌惮地大声呻吟。我想，她这是在尊重我吧。

这段时期，我的桃花运很旺，让我觉得不可思议。先是在网上认识了一个女网友,聊了几天,说不上投机,也谈不上吸引。相约吃了一顿饭,她就问我:"晚上我们睡哪里?"

我说:"隔壁有家快捷酒店。"

当我们走到酒店门口的时候,我犹豫了一下,说:"算了,你回去吧。"

她眼睛一瞪,嘴巴一歪,骂骂咧咧地走了,之后就没了联系。

晚上我在工体附近闲逛的时候,也遇到了一个女孩。当时她大醉特醉,连走路都东倒西歪,两个不怀好意的男生趁机想把她拽进车里。女孩大呼救命,我赶紧上前制止。

我大喊一声:"我是警察,干什么呢?"

两个男生匆忙逃离,而我把女孩送回家里。她住三里屯附近的一间公寓,里面全是性感的衣服和夸张的香水味。我受不了这种味道,把她往床上一扔,她突然起身扑到我怀里说:"求求你抱抱我。"

我说:"求求你松开我。"

她松开后,开始脱衣服,看着她傲人的身材和性感的躺姿,我把灯一关,离开了。

美女邻居有一次半夜敲墙,问我睡了吗?我说没睡。她又过来敲门,我没有开。我不知道她想干什么,但是我知道我要想干什么,她一定不会拒绝。看来她和我都很孤独,只要我把门打开,彼此都会得到慰藉,但我还是隐忍住了欲望的作祟。

我想要的是一场爱情,不是一夜情。我期待全新的生活,全新的自己，让我能感受到自己的心跳和血液的暖意。直到春暖花开，万物复苏，北京却下起了迎春白雪，也就是在那一天，我遇到了夏天。

第八章　人生是没有捷径的苦旅

1

夏天是江白的小师妹。在北京,我只有太过无聊时才会主动去找江白。他更无聊,每次都让我请客吃饭,所以我为了省钱,不到极无聊时不碰面。不过每次见面,江白都跟我提起夏天,说这个小师妹是我的麟城老乡,让我抽时间见见,或许能摩擦出火花。

我说:"我不需要火花,我需要烟花,绚丽多彩,一飞冲天的烟花。"

江白说:"没有火花怎么点燃烟花。"

江白说得有道理。

于是,那天傍晚,天色阴沉,我也闲暇无事,正好路过北师大,便心血来潮去找江白。他一个人在宿舍躺着,黯然神伤,见我来了,如同看到了救星。然后拉着我去食堂吃饭,还说饿两天了。

吃饭的时候，江白只吃了两口，就吃不下去了。

我问："究竟怎么了？"

江白落寞地说："咱们班那个王老二跟黄蕊是老乡，昨天一早给我打电话说黄蕊结婚了，新郎是一名公务员，还是副科级，前途无量。"

这是毕业之后，江白第一次提及黄蕊，我以为他早就释然了，没想到并没有。

我安慰说："你找个副处级，碾压回去。"

江白点了点头，惨淡一笑说："肖遥，我从来没告诉你，其实分手是我提的，我太自私了。"

当年黄蕊的家人给江白找的工作也不错，江白也很犹豫，就给家里打电话商议。父亲是农民，一听两家不在一个地区，江白一旦去了就成了上门女婿，这在农村可是被人诟病的大忌。江白听从了父亲的旨意，同时又幻想北京美女如云，找一个代替黄蕊的姑娘简直轻而易举。不过来了之后，才意识到没钱什么也找不到。

我安慰他说："以前你也没钱，照样找了黄蕊。"

江白"哀"声载道地说："所以我后悔，王老二说黄蕊的嫁妆有房有车外加一百万，早知道黄蕊家境那么好，我死活都得答应。"

我无语了，不知道该说什么。

我不知道江白是在自嘲，还是明白了什么道理。我们彼此也只字未提夏天的事。不过缘分就是如此奇妙，当我和江白走出食堂，迎面看到一个一头棕黄色的大波浪，圆脸大眼，带着一丝成熟韵味，却遮掩不住青春气息的姑娘。

我只看了一眼，就怦然心动，忍不住把目光定格在她身上。

姑娘对着江白喊了一声："师兄好。"

她就是夏天，之前我从不相信世上会有一见钟情。即使暖暖如此美丽，即使高菡如此优秀，都是日久生情而已。这次我坚信无疑，每一个毛孔都在战栗，每一寸皮肤都在发烫，每一次呼吸都很急促，每一下心跳都在呼啸。不知道这是空虚所致，还是真情使然，那一刻我有想要娶她为妻的念头，强烈到难以置信。

江白很有默契，介绍我们认识，并强调都是老乡。无形中拉近了距离，也留下联系电话。不过我意犹未尽，看着夏天走进食堂。可是食堂正准备打烊，夏天又悻悻走了出来。

我趁热打铁想要请她吃饭，又觉得太突兀，意图太明显，便给江白使了个眼色。他秒懂，也给我回了一个手势。我也秒懂，掏出二百块钱塞给他。江白说不够，我又加了一百。

就这样，江白以记者想了解毕业生就业方向问题为由，让我请客吃饭，边吃边聊。

我们来到学校附近一家烤鸭店，起初夏天很拘谨，显然是身边一个是陌生人，一个是师兄的缘故。我也很拘谨，不敢肆意开玩笑。于是用中学的校园趣事引出话题，没想到夏天跟我一个学校，比我低两级。

夏天问我认不认识苏哲，还说两家关系很好，经常走动，小时候还做过邻居。

我问："什么时候的邻居？"

夏天说："我上小学一二年级时。"

那时候我和程飞经常去苏哲家里，因为他家冰箱里面总是填满了雪糕。我突然想起，有一次隔壁邻居家一个扎着双马尾的小姑娘，看到我们蹲在墙角吃雪糕，一直问好吃吗？我让她舔了舔，我想那个小姑娘不会就是夏天吧。

夏天羞涩地笑了，说："应该就是我。"

这种缘分真是不可言喻。我和夏天有江白这个桥梁，更有苏哲这层关系，简直天意。于是我给江白使了一个眼色，江白起身去洗手间。他显然误会了意图，然后我又给他发信息，让他滚蛋。江白回复：吃不完记得给我打包。

我和夏天聊了很久，很投机，也很开心，然后又去校园里走了走。此时，压抑已久的这场雪终于破空而降，一片片雪花落在身上。夏天很兴奋，说她虽然名字叫夏天，却喜欢冬天，因为只有冬天才能看到漫天的雪花，就像一片一片的花朵，从天而降，很浪漫。

我说："那你可以改名字叫夏之冬。"

夏天惊讶地问："你怎么知道我的网名？不会吧。"

我也没想到随口一说，竟然说中了。

夏天瞥了我一眼，说："我们不会是网友吧，聊过？"

我说："没有吧。"

夏天说:"那只能说明我们心有灵犀。"

我说:"何止心有灵犀,简直就是心灵相通。"

雪越下越大,我们来到宿舍楼下。夏天向我挥手告别,每走两步就回头冲我笑。雪花在她身边起舞,也带走了我的魂魄,直到她消失不见,我突然一片怅然。

夏天站在五楼的阳台,对我呼喊:"到家别忘了给我报平安。"

我内心一万朵鲜花,瞬间绽放。我抬头看着夏天,雪花随风摇曳,四处已被白雪包裹,寒风带着凉意,我却浑身沸腾。苍茫大地映射出的白色,就像明灯,照亮前方。

2

我回到地下室,躺在床上,满脑子都是夏天,就像当年无时无刻不在思念暖暖一样,心里有一种初恋般的酸甜。

我给夏天发信息:睡了吗?

夏天秒回:没有呢,你到了吗?

我:到了,我今天很开心,谢谢你。

夏天:我知道吃饭的理由都是你的借口,你太坏了。

我:知道就好。

夏天:做记者好玩吗?

我:改天带你玩一回。

夏天:玩什么?

我：新闻发布会。

夏天：太好了。

那晚我梦到了夏天，醒来之后很失落，她已经占据了我的所有大脑。

在上班的地铁上，我给她发信息：起床了吗？

夏天：正在吃饭，待会儿有课，一节很无聊的课。

我：上完之后呢？

夏天：接着上更无聊的课。

我：那也太无聊了吧。

夏天：刚才你老同学从我身边走过，看我的眼神怪怪的。

我：他看见美女就这样。

夏天：我感觉说的就是你自己。

来到杂志社，我便问王哥这几天有没有新闻发布会。王哥查了查排期表，摇了摇头。我也失望地跟着摇头。

上午写稿，满脑子还是夏天，还是她的一颦一笑。好不容易写了一个开头之后，一个字也写不下去了。

赵旭见我魂不守舍，问我是不是谈恋爱了。

我说："你猜？猜错了中午请我吃饭。"

赵旭说："对错都是一面之词，我可不傻。"

其实我很想与他分享，不过赵旭喜欢四处打听家长里短，然后散播传言。如果让他知道，不出一个小时，全社上下尽人皆知。他这种喜好，对我也有好处，杂志社里的弯弯绕绕，我都一清二楚。

中午，我在楼下面馆吃饭，吃着吃着想起不知夏天有没有吃饭。我没有发信息询问，我怕太过频繁，显得我沉不住气。但是不发信息，又怕错过良机。正当我纠结之时，夏天发来信息：真糟糕，食堂的炸鸡又卖完了。

于是我丢下碗筷，跑到附近的肯德基买了一个全家桶，四个汉堡，还有四份大薯条，打车送了过去。当夏天看到我的一刹那，眼神里有惊喜，有喜悦，还有感动。我想请她晚上去看电影，我以为这种气氛烘托之下，她不会拒绝。可是夏天说了句颇有深意的话：

"太快了吧。"

我也觉得升温太快，容易迷乱，也容易喘不过气。我不知道该不该给她留点空间，也给我留点余地。爱情就像一道菜，有的适合大火爆炒，有的需要小火慢炖，有的先大火，再转小火。总之要因人而异。不过我已经过了小火慢炖的年龄，就像李大头说的，爱情就是一场攻坚战，绝不给对方留有一丝喘息的机会。

我说："看电影跟快慢没有关系。"

夏天说："那好吧，不过说好了，我请你。"

傍晚下班后，我和夏天去了西单，先吃了一顿必胜客，这是夏天主动提出的。这一点她跟叶子不同，不用我推荐，自有主张。看的影片也是夏天选择的，我的目的很简单，就是陪伴。不过我也不会让她请客。

电影散场后，我把夏天送回宿舍。看着她再次站在五楼的阳台对我挥手，我突然觉得五楼的她是如此眼熟。

当时，我脑海里冒出一个念头，我不想跟当年错过了暖暖一样，错过夏天。于是我发了一条信息：我喜欢你。

夏天没有回复。

我又发了一条信息：不好意思，发错了。

夏天秒回：坏蛋！坏蛋！坏蛋！不理你了！不理你了！不理你了！

虽然夏天的生气，带着一丝的醋意，可是她没有正面回复，这让我忐忑不安。校园的路灯已经熄灭，四面陷入黑暗，只有残雪折射出点点白光，我却迷了方向。走了许久，绕了几条弯路，才走出校园。来到酒店，我想把房间退了，前台说："已经过了十二点，退房不退钱。"

看来我走的弯路真的很弯，损失了三百多块钱。为了弥补，我在房间好好洗了一个澡，喝光了所有备好的啤酒，然后倒头就睡。

上午我被电话吵醒，王哥提醒我别忘了下午两点的新闻发布会。我看了一眼时间，才九点，早着呢，正想接着睡，发现夏天一个小时前发过信息：睡醒了吗？大坏蛋。

我：大坏蛋刚睡醒，你不说不理我了吗？

夏天：我说什么你都信啊。

我：我要是大坏蛋，就不会相信了，只能说明我不是。

夏天：今天你不是说带我去发布会吗？我一天都没课，去哪儿跟你会合？

我把酒店的地址和房号发了过去。

夏天：果不其然，你就是个大坏蛋，大坏蛋。

我不确定夏天会不会来，又急切地盼望她能过来。我很焦虑，也很慌乱，一直坐立不安，接连洗了两遍澡，刷了两次牙，也一直盯着手机，以防错过了她的信息。

一个多小时后，门铃响起，我欢天喜地，开门一看是服务员，问我需不需要打扫房间。

我说："不用。"

正要关门，夏天推门进来说："不欢迎我吗？"

我喜出望外，不知说些什么。夏天从我身边走过，飘散出阵阵清香，一闻就知道刚洗了头发，还喷了香水，令我陶醉。尤其穿着一条卡其色棉裙，下面是棉绒黑丝，脚蹬一双亮面的高跟鞋，美得一塌糊涂。

夏天打量着房间说："你昨晚住在这里？"

我说："太晚了，太困了，就近住下了。"

夏天一把将遮掩半扇的窗帘拉开，阳光瞬间洒满房间。她对我回眸一笑，在光线的穿插下，显得格外美艳动人。我实在无法控制自己，快步上前，将她一把抱住，热烈地吻她。

夏天靠在我怀里，说她像是做了一场大梦，不敢相信那么快。还说我们认识了只有三十多个小时而已。

我说："虽然时间短，但是我们见了八次面了。"

夏天把我推开，掰开手指数了数，说："骗人，只有四次。"

我说："你忘了在阳台上还有两次。"

夏天说："那也不对。"

我说："我梦里还见过你两次。"

夏天抬头看着我，问："你真的梦到了我？"

我说："骗你是狗。"

夏天说："现在满街都是狗，疯狗、舔狗、癞皮狗、哈巴狗、流浪狗，都是狗，不算数。"

我说："我爱你。"

夏天又一次娇羞地低下头说："鬼才信你。"

中午退完房，我们在附近吃了一顿麻辣香锅，接着牵着她的手坐地铁去了梅地亚中心。我一刻都没有松手，手心全是汗渍。

夏天说："攥那么紧，是害怕我离开你吗？"

我说："我是想让你知道，我不会离开你。"

两个小时的发布会结束后，夏天哈欠连天，很是失望，以为发布会就像电影里的酒会，有甜点，有酒水，有水果，还有礼品，没想到一点也不好玩。

我问："什么地方好玩？"

夏天把我带进一家商场，说："就是这里。"

夏天看到新款的服装，两眼放光，就像野兽发现了猎物，急不可耐地奔赴过去。她兜兜转转，跑遍了几家心仪的品牌，试了所有新款，最后选中两款，问我哪一款更好看。我说："都好看。"然后买单。

夏天很开心，像个孩子似的对着我亲了一口。

我也很开心。

3

夏天是个奔放的姑娘，她那烈日炎炎般的火辣，就像一道明媚的阳光，令我沉醉。在我之前，她经历过三段感情，一个半年，一个仨月，每段感情之间只有两个月的空窗期，也叫疗愈期。但凡这个时期追求，都没戏。而我遇到夏天的那天，刚好是两个月的末尾。这就是天意。

为了珍惜这份天赐良缘，我对夏天有求必应，唯一不答应的就是到我住的地方过夜。我谎称跟同事合租，不方便。我没告诉她住在地下室的真相，除了难以启齿的寒酸之外，还有不舍得让她受委屈。

自从和夏天在一起，我的工资和为数不多的存款，就像流水一样，一泻千里。夏天酷爱买衣服，每个月都得添置两三件。爱美之心，我很理解，虽然我捉襟见肘，却从不表露丝毫不满。所以，夏天对我很满意，只要在一起，就像胶水一样粘在我怀里。

我问过她毕业之后有什么打算。

夏天说："本来打算回家当老师。"

我说："现在呢？"

夏天说:"你在哪里我就跟到哪里。"

原本无比甜蜜的对白,却让我格外焦虑。我必须考虑重新租房的问题,但是我没有钱。李大头曾主动提出要借给我,我没有同意。我知道他的工资卡在白霜手里,平时攒的私房钱,还是以战友结婚的名义从白霜那儿骗来的。

白霜私下问过我:"李大头的战友为什么每月都有一两个结婚的?"

我说:"战友多,人缘好,也间接说明你有眼光。"

白霜对我的回答很满意。

李大头对我的瞒天过海很感激。

为了尽快挣到钱,我在夏天还有不到四个月就要毕业的时候,干起了麻辣烫生意。

这个灵感来源于一天晚上,我和夏天在北师大附近闲逛,看到一群年轻人在一个路灯下面围成一团。我很好奇,伸头一看,一个小伙子正在卖麻辣烫。我和夏天每人吃了几串,虽然不好吃,也不是太难吃,生意却一直络绎不绝。我跟小伙子攀谈了几句,得知就这不起眼的东西,一晚上能赚好几百。我顿时眼前一亮,找到了挣钱的门路。

李大头从部队食堂找到一台被淘汰的送餐推车,又让汽修店重新焊接喷漆。我从旧货市场买了一台二手冰柜,又从隔壁农贸市场买回来各种麻辣烫的食材和火锅底料,把房间所剩无几的空间堆积得满满当当。我在房间调试了好几次口味,直到李大头和白霜满意，我才放心出摊儿。

就这样，我白天上班，傍晚去找夏天，晚上九点之后到万寿路地铁口附近出摊儿，十二点之后回来，早晨五点半去农贸市场采购。每天如此，除非刮风下雨，从不间断。

这件事我没有告诉夏天，也让李大头和白霜帮我保守秘密。

李大头很疑惑："为什么？"

白霜说："你懂个屁，这叫惊喜。"

我懂白霜的意思，她在维护我的颜面。有很多次，我想试着告诉夏天，看看她的反应，是惊讶，是嫌弃，还是心疼，但是我不敢。我只想挣到钱，租个好一点的房子，给夏天一个满意的环境。

很多次，夏天靠在我怀里问我为什么身上总弥漫着挥之不去的火锅味，我总是搪塞说中午同事请客又吃的火锅。

做任何事实践总比想象要困难，卖麻辣烫也是如此。我以为别人一晚上可以赚几百，我也可以。前三天，由于经验不足，损耗太多，生意还没起色，先亏了一百二。随即我做了调整，很快好转。第一个月就赚了六千多。

这得感谢我右边的美女邻居，她晚上路过，吃了一回，正要结账。我说："算了吧。"她这才看清是我，然后每晚都带几个花枝招展的女孩来捧场，每次都有不同的男人买单。

我很感谢，却一直不知道她的名字。

之后我的生意也越来越好。也不免遇到吃完不给钱的混子。

也遇到过忘了带钱的姑娘,虽说下次送来,可是十个里面有五个再也没有出现。也有一些讨价还价,只为省下一趟公交车钱的顾客,每次我都为他们省下来回的公交车钱。

就算这样,三个多月的时间,我挣到了两万六千块钱。虽然只能租一居室,但我已经很知足了。

在我搬离地下室的那天,我感慨万千,从头走到尾,从尾再走到头。住了那么久,我第一回知道这里究竟有多深,有多远。我想跟美女邻居告别,她一夜没有回来,我从门缝里塞进一本余华的《活着》,里面留了一张字条,上面写着:

谢谢你,我会一直记着你的善良和美丽,祝你幸福。

——左边邻居

我租的新房依然在万寿路地铁口附近,我习惯了周围的生活。一旦习惯,尤其身在异乡,便不想再去适应新的环境。就像爱情一样,我和夏天经过几个月的热恋,彼此早就适应,也趋于稳定。同居之后,每天睡前总能抱着夏天,醒来之后,第一眼还是夏天,这是我心仪已久的生活,我很感谢老天。

早晨我把早餐买好,然后去上班,出门之前不忘给正在熟睡的夏天一个热吻。夏天起床比较晚,白天只吃一顿饭。傍晚我回来,要么带她出去吃,要么就带点简餐。吃完饭,我们会四处走走,回来躺在沙发上一块看电视。虽然夏天不会做饭,但是生活简单惬意,彼此相互温暖。

夏天投过很多简历,每次面试,我都陪同。她挑选了一份在时尚节目做衣模的工作,但只干了半个多月就辞职了。辞职之后她并没有告诉我,反而问我:"老公,你说我要是不开心,你会怎么办?"

我说:"我会很开心。"

夏天抱着我撒娇说:"我是说真的。"

我说:"我会想办法让你开心。"

夏天说:"那好吧,周末陪我去买衣服吧。"

买完衣服之后,夏天说她还差一点就开心了,于是又去吃了一顿海底捞。这时我才知道,她所谓衣模的工作,只拍身体,不露脸,就像一个没有头颅的木偶,任人摆布,所以夏天坚决不干了。

我说:"万事开头难。"

夏天噘着嘴说:"你是不是埋怨我没跟你说辞职的事?我好不容易高兴了起来,你又要扫兴。"

我说:"不干就不干,我养你。"

我说得大义凛然,心里却很担忧。我的工资只够日常开支,一到月底我还得四处拆借,月初还上,根本没有一分钱的余款。我很担心下一年度的房租如何承担。

一个月后,我不再担心,因为杂志社黄了。

4

杂志社倒闭,实属必然,我早有预料,不过真正面对现实的那天,我彻底慌乱了。

据内部说辞,杂志社长期亏损,导致投资方不满,然后撤资,杂志社只好解散。

不过赵旭跟我说:"事情不是这个样子,社长拿着投资方的钱去澳门赌博,然后就消失不见了,投资方已经报案,说要追究社长的刑事责任。"

我说:"梁姐怎么没有出面调解?"

赵旭说:"梁姐藏得可够深的,她跟社长一块去的澳门,也一块凭空消失了。"

我不知道究竟内部说辞和赵旭的小道消息,哪个是真,哪个是假。不过结果都是我失业了,而且没有遣散费和补偿。办公室里炸开了锅,有的打举报电话,有的在漫天咒骂,有的在哭哭啼啼,彻底乱成了一锅粥。

不知是谁大喊一声:"抢吧!"

接着大家哄抢起来,我也在这场抢夺中霸占了一台电脑。如果不是我眼疾手快,就被李爱花得手了。

我从没想过,如此瘦弱的女子,在挽救利益时竟如此强悍。她抢到了一把椅子,一台电脑,还有主编和社长办公室里的座机和盆栽,连剩下的半盒茶叶也没落下,着实抢了一个第一名。不过我却看到她蜷缩在角落,哭了起来。我想,应该是没抢过瘾吧。

王哥什么也没拿，只带走了厚厚一沓《联合商讯》的杂志，每一本都有他的文章。

王哥苦笑着说："肖遥，人算不如天算，本想在这里退休，看来还是不行。"

我说："师父，接下来什么打算？"

王哥说："我现在是孤家寡人，也没有孩子，我想回湖南老家，我累了。"

这是我第一次看到王哥如此消极。

王哥说："肖遥，你很年轻，也很优秀，这个杂志社即便没有倒闭，我也不希望你长待下去。"

这是他留给我的最后一句话。他看我的眼神带着锋芒，就像利刃，希望字字刻进我的心里。

赵旭没有跟着众人哄抢，只在一旁观望，还不停指挥秩序。等到人去楼空，一片狼藉，赵旭最后把大门一关说："一群乌合之众，抢能抢多少？"

我回到家发现优盘找不到了，里面有我的简历，还有写过的新闻稿件。我第二天上午回去找，却看见赵旭正带人参观。

我很疑惑，赵旭把我拉到一旁说："房租还剩半年到期，闲着也是闲着，别浪费了。"

我这才明白他上次说的那句话的意思。不过我更疑惑，他凭什么转租，他有租赁合同或者手续吗？

赵旭说:"昨天趁乱,我从人力资源处把租赁合同翻了出来。"

我说:"没有公章也不行啊。"

赵旭说:"公章被我从垃圾桶里找了出来。"

我没有找到优盘,却见识到赵旭的睿智。

赵旭承诺只要租出去之后,就分我一杯羹。我没有答应,也没有不答应。我的默认就是想看赵旭的态度。

临走之前,赵旭笑着说:"肖遥,咱们是朋友,我必须告诉你,昨天喊抢的那个人也是我。"

他的笑容让我感觉陌生,看来我就从来没有了解他。这是我最后一次见到赵旭,他再也没有跟我联系,看来他之前是怕我声张而故意敷衍。如果真这样,我很伤心,因为在杂志社,他算是我最好的朋友。

失业之后,我并没有第一时间告诉夏天。我怕她会跟我一样陷入恐慌,也怕打乱生活的节奏,我不舍得让她陪我颠沛流离。

我照旧早起假装上班,然后去投简历。在等待面试之前,我一直待在西单图书大厦。这里是我最喜欢的地方,人来人往,却很安静,能稍微缓解内心的焦躁不安。

一天中午,我好像产生了幻觉。当时我接到一家网络媒体的电话,让我两点准时去面试。我走出图书大厦,前方一个熟悉的背影映入眼帘,很像叶子,也很像暖暖,长发飘飘,一身清逸。我跟在后面,直到她在地下通道的分岔口消失不见。之后的两天，我蹲守在西单的街边，再也没有见到这个身影。

我陆续又面试了两家媒体，都因《联合商讯》杂志社的口碑不好，被拒之门外。最后我还是找到了一份工作，在一家名叫《国人财富》的网站做编辑。

网站刚刚建立，公司上下加上老板李海潮一共六个人。面试的时候，长发飘飘的李海潮问我想不想成为下一个马云，下一个马化腾。

我说："想，傻子才不想。"

他说："你只要想就能成。"

我说："拿什么成？"

他说："拿你的命。"

我着实吓了一跳。后来，我才知道，老板动不动就说要了谁的命，实打实的一个精神病。有一次网站被网友留言骂了几句。他则跟帖叫嚣让网友留下住址，还说要杀了他全家。

不过为了生计，我一直隐忍。可是发工资的时候，说好的六千，只给我三千，其中一千还是楼下餐厅的抵用券。

我骂了句："他妈的。"

李海潮恬不知耻地说："对，就得呐喊，这样才具备互联网精神。"

我很无语，想要辞职，我以为其他同事也有这个想法，可是他们并没有。看来为了活着，都在苟且偷生。而我也只好暂时坚持下去。

5

夏天知道我换了新工作,没有任何微词。可是摆在眼前的是生计问题,于是我决定重操旧业。当我把想法和现状告诉夏天之后,夏天很心疼地说:"老公,这样会不会很辛苦?"

我说:"以前就干过,只是没有告诉你而已。"

夏天翻身而起,坐在我的身上说:"老公,你真棒。"

我找到那台扔在地下室附近的推车,也看到了那个美女邻居。她刚好回来,依旧美艳,彼此只有心照不宣的眼神交集,并没有任何言语交流,就像陌生人一样。

不过自从每晚在万寿路地铁口出摊儿之后,她照旧光顾,照旧呼朋唤友,每天都让我占她的便宜。

直到两个月后的一天晚上,她独自过来,换了一身朴素的衣服,也卸掉了之前的浓妆艳抹,高跟鞋变成了平底旅游鞋。起初我没有认出来,直到结完账,她说:"《活着》这本书我看完了,谢谢你。"

我说:"我应该谢谢你。"

她说:"我明天就回甘肃老家,哪怕嫁个穷汉,跟他一起耕田,我也不想再回来了。"

我说:"挺好。"

她笑着说:"谢谢你,再见。"

我第一次看到她的笑容,呈现在一张干净清澈的脸上。

我每当苦闷难熬之时,都会重读一遍《活着》,我想她也是参悟了人生就该如此,没有太多的美好,只有无边无际的艰辛。人生是一场没有捷径的苦旅——除非死亡,一般人没有这种勇气——大众都在苟且偷生,唯有释怀,才能晴天。她做到了,所以她自由了。

而我的自由,遥遥无期。

我白天工作,晚上出摊儿,为了活着而活着。而夏天要么在家里上网看电视,要么跟同学或闺密去喝下午茶和逛街。她也曾提出想陪我一块出摊儿,我坚决不同意。我不想她跟我一样,委曲求全,失了本色。她如此美丽,我不能让最低级的烟火气熏染了她。

夏天在外光鲜靓丽,精致无比,回到家就原形毕露,衣服、鞋子、包包、零食等等肆意乱丢。很多次我在打扫卫生的时候,总能从犄角旮旯扫出袜子,果皮,还有内衣。所以,每次她找不到东西,我总说:"找找沙发和床下。"我也多次给她提议,她不以为意,还说以前都是她母亲负责衣食起居,早就养成了衣来伸手饭来张口的习惯。

我以为我已经适应了,可是那天,我还是发了脾气。我加班回来已经晚上八点半,夏天不在家。我为了抓紧出摊儿,着急熬制麻辣烫的锅底,由于慌乱,不小心烫伤了手。剧烈的疼痛和不断隆起的水泡,让我的心情也跟着沸腾,然后我把厨房里的碗碟摔了个稀碎。

这时,夏天拎着大包小包回来,看到一地狼藉,知道我在生气，为了让我开心，说是给我买了一件衣服，却被我一把扔在地上。夏天一脸委屈，躲到角落默默流泪。

这是我们第一次发生矛盾，晚上睡觉的时候我很内疚，多次用手触碰夏天。她则蜷缩着身体，极力躲避。

我说："对不起。"

夏天没有回应。

夏天连续两天对我一言不发。我准备的早饭，她也不吃，弄得我格外揪心和心疼。

第三天的晚上，我刚刚睡着，她就爬到我的身上，抱着我说："老公，都是我不好。我知道你很辛苦，我也知道你赚钱不易，但是我要是不买东西，真的很难受。"

我说："这不怪你，是我没能力，让你受委屈。"

夏天问："我以后会注意。"

她虽然这么说，并没有这么做，夏天接到同学和闺密的召唤电话，就立马出去。我也不敢再发脾气，只能顺其自然。

看来，既然改变不了对方，只能改变自己。

之后夏天每晚站在家里的阳台上等我回来，灯光映射着她的身影，就像认识之初，她站在五楼的宿舍阳台，瞬间就会让我格外踏实。她也学会了煮泡面和蛋炒饭，虽然跟我的手艺不可同日而语，但是她的改变，已经让我满心欢喜。

在《国人财富》第二个月的工资，依旧是两千块钱和一张抵用券。我当即大怒，想要跟李海潮大吵一架。可是三名警察走进办公室,把李海潮带走了。

事后才知道李海潮果然是个神经病,为了融资,私闯投资大鳄的家里。谈了几句,对方没有投资兴趣。李海潮一怒之下把人家的豪车给烧了,里面很多重要合同都化为灰烬。就这样,公司倒闭了,李海潮除了赔偿还要负刑事责任。

再次失业的我,放弃了找工作的打算,我决定专心经营麻辣烫生意,可是天违人愿,我遇到了前所未有的危机。

由于我的生意一直稳定,一夜之间隔壁冒出了两家新摊位,三足鼎立令我的生意受损严重。为了摸清底细,我多次假扮顾客,却发现口味跟我如出一辙,着实平平无奇,看来也是从超市买来的火锅底料。

想要反击,只能改变汤底,于是我想到高菡独门调制的火锅底料。其实我早就想过这个问题,只是一直没有勇气跟高菡联系,自从来到北京,我们之间就失去了联系。我不想打扰她的婚后生活,可是这次面对生死大关,我不得不向她求助。

高菡一如既往地仗义,笑着说:"没问题。"

她不仅把配方和制作视频发给了我,还给我邮寄了一大包制作好的成品。可是当我看到发货地址是麟城的时候,我疑惑了。难道她离婚了?难道她过得不好?但是我没有过问,只是淡淡地给高菡了发一条信息:谢谢,真的谢谢。

她没有回复,再一次消失在我的世界里。

6

我采用高菌的汤底,同时推出套餐制,大大提升了性价比。生意起死回生,越发红火,我也忙得不亦乐乎。就在这个秋季,苏哲带着林晓月来北京出差。

时间过得真快,他们结婚已经两年多了,林晓月结婚之后生下一个男孩,着实满足了苏哲的愿望,也满足了父母的期望。苏哲母亲不再对林晓月挑剔,对待孙子更是无微不至。苏哲的生活着实令人羡慕,所以我说他出差是由头,炫耀是目的。

晚上吃饭,我和夏天想去买单,却被李大头和白霜抢先。我一看账单两千八,吓了一跳。这是我有生以来吃的最贵的一次。

李大头笑着说:"作为姐夫这是我应该做的。"

白霜则附和说:"晓月、苏哲,快喊姐夫。"

苏哲眼看着以前的小弟成了姐夫,一脸不服,又无可奈何,只好拿我出气。于是跟夏天以兄妹相称,还一直喊我妹夫。看来他这是在李大头那里吃了亏,跑我这来找补。

我很不服,说:"我是你大哥,你应该喊夏天大嫂。"

苏哲说:"我怎么记得我才是大哥。"

李大头说:"妹夫你记错了,以前你是我大哥。"

林晓月咯咯地笑着说:"都二十五六岁的人了,聚到一起还跟当年一个样儿。"

听完这句话,我瞬间恍惚了,这几年我极力避开年龄问题,可是终将都要面对年龄的增长。

苏哲已经成了公司的副总，可谓是事业有成，家庭美满，真是楷模。李大头虽然还在当兵，但是跟白霜已经有了目标，攒钱买房，定居北京。

而我，除了夏天，一无所有。

吃完饭，苏哲想跟我单独聊聊，然后我们来到一间小酒吧。

苏哲开门见山地说："街边摆摊儿，终究不是长久之计。"

苏哲说到了我的心坎里，不过我只有眼下一条路。我真的很迷茫，比在青岛还迷茫。人真的挺奇怪，没钱的时候为生存迷茫，卖麻辣烫明明赚钱，却还是迷茫。

苏哲说："真的想这样下去？"

我说："走一步算一步吧。"

苏哲说："当年你离开麟城那天，我说过外边千好万好不如家好，程飞干了两年房地产销售，已经买房结婚了，你该考虑一下。"

我说："回头再说。"

苏哲看着我，迟迟没有说话，最后说了一句："肖遥，你越来越不像你。"

我不知道这句话究竟是嫌弃，还是不忍。有时候，我自己都觉得不像自己。

回到家已经是半夜，夏天没有睡，一直心事重重，沉默不语。我以为她怀疑我跟苏哲去鬼混，夏天说不是这个原因，然后躲进厕所，许久没有出来。我仿佛听到了她在哭泣，也仿佛是水流的声音。

我们相拥睡去，夏天再次流下眼泪说："咱们跟苏哲和李大头的差距为什么越来越大？"

我无话可说，一夜未眠。我知道，她跟着我，还是受了委屈。

很多次，我有想把麻辣烫做大的冲动，找上十条街，摆上十个摊位，收益就是十倍。而且供货量一旦巨大，食材价格还能压低。不过这不现实，我只有一个人，即便雇人，别人摸清门道就会单干。我也考虑经营门店，做连锁品牌，做直营，搞加盟。我有很多想法，可是我连开一家店的二三十万启动资金都没有。

其实，我本该攒下一些钱，但钱去了哪儿我不敢去想，我怕会再次跟夏天吵架。我怕这最后的一丝拥有，也离我而去。

两个月后，我不再考虑这些事情。我的摊子生意红火，隔壁的两家，一家已经撤离，另一家正要跟我死磕到底，结果城市管控加强夜晚的街道管理，要求小商小贩一律不准摆摊营业。当天晚上，我的推车被没收了，而我的隔壁，跟城管一直死磕，还发生了肢体冲突，被警察带走了。

我的生意彻底黄了。苏哲说得没错，摆摊不是长久之计。

有时候感觉一股神奇的力量在推动着一切，也在操控着一切。就在我对如何生存这个问题，再次陷入焦虑不安之际，夏天接了一个电话之后，失声大哭说："出大事了。"

起初夏天母亲并不知道我的存在，经常打电话劝夏天回家，有很多家境优渥的男生在等她相亲。夏天很反感，就把我供了出来。夏天母亲私下跟苏哲父母打听，得知我父母都在机关工作，勉强说得过去。不过一听我跟苏哲从小玩到大，又想到苏哲未婚先孕，简直不是个东西，自然而然把我也归类为不是东西。然后夏天母亲隔三岔五盘问夏天有没有同居，有没有被占便宜。夏天总是想尽办法搪塞，这次一不留神被诈了出来。夏天母亲恼羞成怒，命令夏天别再丢人现眼，赶紧回来，要不然断绝母女关系。

夏天诚惶诚恐，哭哭啼啼。

我被推到了浪尖之上，必须拿出主意。又想到眼下的窘迫，看来这是天意，老天都在驱赶我滚离北京。于是我一不做二不休，说："回家订婚，然后结婚。"

夏天破涕为笑说："你说结就结？"

我说："你要是不同意，我就找别人结。"

夏天抹着泪说："你敢，我就杀了你。"

然后飞身扑到我怀里。

临走之前，我把房子里搬不走的东西，贱价处理，卖了三千多块钱。又把房子退了，房东返还四千块钱。然后把东西提前寄回老家，打包处理的时候，我才发现来的时候只有一个背包，走的时候还是一个背包。反观夏天大包小包全是衣服鞋子，全是我拿下的战利品。

我把身上所有的钱归拢一起，一共两万一。我给夏天买了一枚钻戒，一万五，又给夏天买了两件衣服，三千一。临走前一天，我请李大头和白霜吃了顿饭，花了五百。李大头想买单，我死活不同意。白霜破天荒地允许李大头喝酒，我也没同意。

在分别的夜晚，我看见李大头哭了。

他说："好不容易来了个兄弟，又离我而去。"

我说："我活得好好的，你可别咒我。"

李大头又笑了。

第二天上午，我和夏天去万寿路坐地铁。路经摆摊的位置，我突然很难受，曾经的不幸和迷茫，仓皇和焦虑，历历在目，记忆犹新。

夏天揽着我的胳膊，说："走吧，结婚之后我们再来北京看看这里。"

我说："明年给我生个儿子，带儿子一块来。"

夏天说："大坏蛋。"

拐进地铁口，一路下行。沿途的墙壁上挂着一块一块的广告牌，我被其中一幅惊呆了，上面赫然写着：

"暧昧的爱——温暖北京钢琴演奏会"

我看着画面上暖暖的模样，依然如此熟悉，她在冲着我笑，又像对着我哭。令我心酸不已。

那天，我没有离开北京。推迟了一天。

夏天问为什么？我没有告诉她。晚上我把她带到了北京音乐厅，这是演奏会的现场。我买了两张靠后的位置，我怕被暖暖发现。我知道我在自作多情，她或许早就认不出我，也许早就忘记了我。可是我怕看得太清晰，会让我忍不住地迷离。

温暖身着一袭高贵的白裙出现在舞台上，掌声雷鸣。我为她高兴。有一位高大帅气、穿着考究的绅士上台献花，并与她深情拥抱。我也为她高兴，拼命鼓掌。

在演奏会尾声之际，温暖对着台下的观众说："最后一首曲子《暧昧的爱》，送给美好的青春，无法回去的时光，也送给远在天边的那个羞涩的大男孩，祝他幸福。"

我的心如刀割一般疼痛，只得用力握着夏天的手。

夏天看着我说："你怎么了，手心好烫。"

我说："牵着你的手，总让我激动不已。"

夏天却说："你怎么流泪了？"

我说："不是眼泪，全是汗水。"

其实，这一切都是我幻想出来的。真实的情景是，我独自一人来到大厅门口，买了十张低价票，几乎花光了所有剩余的钱。我并没有进去，隐约听到琴声响起，便默默离开。我想这是我能够为暖暖最后做的一件事，仅此而已。

曾经的酸辣土豆丝，只是曾经。曾经缺乏的勇气，依旧缺乏。亏欠的那句表白，已经没有意义。那份青春的记忆，只能封存在原地。

这里的高雅之堂不属于我，我该离开了。我本该忧伤不已，却莫名地开心，这次北京之行，我收获了爱情，也获悉了暖暖的下落，终究圆满了。

第九章　我终于失去了你

1

回到麟城，我和夏天开始筹备订婚的事宜。

夏天母亲提出要求，礼金不能低于一般标准，房子不能小于一百二十平方米，车子不能低于十万块钱，订婚宴要给夏家准备三十席。

前面三个要求都合情合理，最后一个要求，让我很是无奈，普通人结婚哪有这种场面。就连苏哲都直呼太过招摇，不可思议。

我父母也颇有意见，但不明说，满口应承下来之后，私下却跟我埋怨说："摆那么多席，这得多花多少的烟钱酒钱和菜钱，这钱要是省下来，不如多给夏天一些见面礼。"

我觉得很有道理，便跟夏天沟通。夏天当即就怒了，一脸阴沉地说："难道订婚就是浪费吗？"

我说："不是浪费，是没这个必要，苏哲订婚也就摆了两桌而已。"

夏天义愤填膺地说:"人家是人家,我家是我家,你要是觉得没这个必要,那就别订婚了。"

这是夏天第一次对我咆哮,我心头一惊,愣在原地。

夏天也意识到情绪过激,又补充说:"都是我妈拿主意,我能有什么办法!"

确实,家里大事小情全是夏天母亲做主,看来只能顺从,也着实让夏天为难。

订婚那天,天气很好,万里无云。酒店内宾朋满座,热闹非凡。我家的亲属都在夸赞夏天模样秀丽,身材高挑,妥妥一个大美女。这让我父母很是欣慰和高兴,一直笑得合不拢嘴,还不忘炫耀说:"肖遥有出息,才找了一个漂亮的儿媳。"

看来,出息的标准,形态不一。

同时,我也看到父母笑容深处的皱纹横生,他们逐渐老去,已成事实。我也突然很理解苏哲说的那句:"外面千好万好不如家好。"

那天,夏天母亲本来很高兴,不知什么原因,突然脸色转阴。还不时瞪我几眼,令我惴惴不安。

苏哲说:"没事,她就这样,一直都是更年期。"

程飞说:"不对,我看见一个妇女跟她聊了几句,就成这样了。"

第二天我才知道,这是因为我的工作问题,让她丢了颜面。

回到麟城之后，苏哲把我引荐到了他所在的公司，从办公室的文员干起。这让夏天母亲耿耿于怀，认为普通文员熬上大半辈子也未必出人头地，所以，她从不在亲友面前提及我的工作，即使有人询问，也是说我之前在北京做记者。可是订婚当时，夏天母亲的一个旧相识正好跟我是公司同事，无意揭穿了这事，才令夏天母亲感觉难堪。不过这种难堪是她自己认为，别人并不认为。夏天母亲为了泄愤，专门把我喊到家里，阴阳怪气地说："苏哲一个专科生都当了副总，你看看你。"

我自尊心受挫，如芒刺背，又不能反驳。

夏天很是尴尬，刚要说话，就被母亲回击过去："我都同意你们俩订婚了，我还不能说他几句？"

我说："没事，说吧。"

夏天母亲说："连妈都不喊了，让我说什么说。"

我说："妈，对不起，都是我不好，我会努力，一定出人头地，请您老放心。"

然后还鞠上一躬。

夏天实在看不下去，谎称朋友请客吃饭，拉着我往外跑。

夏天母亲还在喋喋不休地说："晚上九点前必须回来。"

到了九点，我准时把夏天送回家里。虽然她并不想，我却无能为力，因为从八点半开始，夏天母亲就打电话提醒。我感觉很累，夏天也是如此，还说很怀念当初在北京的时光，彼此无拘无束，没有制约，想吃就吃，想睡就睡，跟现在比起来，简直无忧无虑。

我说:"结婚后,一切都会好的。"

夏天泪眼婆娑地问道:"咱们什么时候结婚?"

腊月初八,大利婚姻。

这是我父母翻阅老皇历,精挑细选出来的最近的好日子。夏天父母没有异议,我和夏天也翘首以待。

可是在结婚前的一个星期,夏天哭着给我打电话,让我赶紧来家里。于是我马不停蹄地请假赶去。夏家一片沉默,气氛很压抑,夏天母亲坐在沙发上一脸悲凉地唉声叹气。夏天眼睛红肿,鼻子通红,不停抽噎。唯独不见夏天父亲,我顿时有种不祥的预感。我以为他出大事了,问了一句:"爸呢?"

夏天说:"被公安局抓走了。"

夏天父亲喜欢喝酒,一喝就大,一大就容易口无遮拦。这天,他跟朋友在酒馆喝醉之后,不知什么原因,也不知谁先挑衅,竟然跟邻桌的客人发生了冲突,还摔碎了几个酒瓶。不过幸好情节较轻,只要关两个月,却正好错过了我和夏天的婚期。

我认为夏天父亲在与不在,都不影响婚礼。可是夏天母亲不同意,把我喊来的目的,就是通知改期。

我父母很生气,所有准备基本都已就绪,就连亲朋好友都已经悉数通知,现在改期,情何以堪。于是他们主动登门苦口婆心游说一番,夏天母亲坚决不同意,父母很是无奈,只好作罢。

事后,苏哲安慰我说:"好事多磨,当初我还不如你,我是寻死觅活才结的婚。"

苏哲在变相给我支招，但是我即便寻死觅活，也一定不是夏天母亲的对手。她可是泼妇中的极品，恶毒丈母娘中的天花板。

我不禁心酸和感慨："夏天怎么摊上了这么一个母亲，还有一个不靠谱的父亲。"

苏哲说："你知道当年夏天家为什么从我们家属院搬走吗？因为她爸喝酒闹事，跟邻居发生了冲突，没脸再住下去，所以才搬走的。"

我说："那为什么你们两家关系一直那么好？"

苏哲说："这只是他们家的一厢情愿而已，只要有事就找我爸帮忙，我爸也是无可奈何。包括这次，如果不是我爸从中调解，夏天她爸还得多判俩月。"

过完年，夏天父亲就出狱了。

我和夏天把他接回家里，夏天母亲上去就是一巴掌说："你个狗东西，喝酒误事，把闺女的婚事都耽误了。"

夏天父亲很是后悔，拉着我说："肖遥，中午炒几个菜，好好喝点，我自罚三杯。"

我们喝了一斤白酒，夏天父亲没有过瘾，非要接着喝。夏天不同意，夏天母亲从柜子里又拿出一瓶白酒说："既然喝了就喝吧，反正也喝了。"

这话逻辑没问题，却让我觉得哪里不对劲。

夏天父亲借着酒劲，给我父亲打电话说："亲家，我出来了，一切安好，就等着你定日子让两个孩子赶紧结婚，越快越好。"

这一次的结婚日期定在了四月初八。父母没有翻老皇历，他们还自责上次没能成亲，应该是日子选得不专业，于是找了一个专业的大师，根据我和夏天的生辰八字，敲定的日子。

在结婚前不到一个月的时候，夏天打电话让我晚上开车拉着她出去玩。当时我没时间，公司有接待。夏天便一个人开车闲逛，由于刚拿了驾照，车技不佳，道路不熟，不知不觉跑到了省道上。这里货车较多，且都是远光灯，夏天一个不慎，连人带车钻进了前方大卡车的车底。

我赶到医院的时候，夏天正在抢救。夏天父亲蹲在角落，一言不发。夏天母亲痛哭流涕，还不停埋怨我："如果你开车，我闺女就不至于遭那么大的罪，如果夏天有个三长两短，我一辈子都不会原谅你！"

面对怒斥和哀号，我心力交瘁，也心急如焚，整个人像傻了一样，神志恍惚。

直到凌晨三点半，医生告知夏天脱离了危险。她的内脏多处受损，肋骨也多处骨折，胸口处一块汽车部件只差一毫米就会扎进心脏，这种情况下还能抢救回来，已经堪称奇迹。

一天后，夏天苏醒过来，看到我一脸的疲惫，抓着我的手，想说话又说不出口，两眼都是热泪。我知道她想说什么，为了不让她难过，我抚摸着她的额头说："人没事就好，人没事就好。"

夏天还是哭，嘴角带着委屈，脸上挂着内疚。

我只能说："人没事就好，人没事就好。"

夏天在医院住了一个多月，又一次错过婚期。四月初八那天，夏天抱着我痛哭一场。我明白她的心意，但也只能顺应天意。

我父母也认为这是天意，接连两次突如其来的变故，已经把他们击打得心力交瘁。他们一生平平淡淡，没有风浪，面对坎坷，只能唉声叹气。订婚之初的喜悦和欢笑，也已经被彻底掩盖。夏天父亲多次醉酒之后，打电话询问婚礼的日子。我父母只字不提，只是淡淡说了句："不着急，康复之后再说。"

我曾多次看到母亲在佛像前磕头祈祷。我也曾多次听见父亲默默在房间叹息。而我却无能为力。我想，我一定是作孽深重，才会遭此报应。

我该如何是好？

于是在一个清晨，我去了一趟金山寺。我学着高菡的善举，想要提供免费斋饭，可是我囊中羞涩，只能担负十天的供给。十天就十天，我已经竭尽了全力。我很感慨，活了那么久，历经那么多磨难，还是一如既往地没有出息。然后我在金山圣母面前祈祷，让我和夏天平安顺遂，让我和夏天出人头地。当我跪拜完毕，准备起身离开时，却看到高菡正在旁边。

2

时光荏苒,三年未见。高菡笑容依旧明亮,笑声依旧爽朗,就像高悬的太阳,释放着无穷的能量。她让我回到了相识之初,那段无忧无虑且青涩稚嫩的年代,她依旧是芊芊少女,而我难以掩盖的沧桑和落寞,始终无法从脸上剥离。

高菡开口说的第一句话竟然是:

"你订婚了对吧?"

我点了点头。

高菡说:"订婚那天,我正好路过,看到酒店门口挂着你的名字,我不知道究竟是不是你,就走了进去,正好看到你和未婚妻站在台上,她很漂亮,你好福气。"

我问:"为什么没有留下来喝杯喜酒?"

高菡笑着说:"你真不够朋友,订婚宴都不邀请我。"

我说:"我以为你一直在青岛。"

高菡说:"回来两年了。"

我问:"怎么了?为什么?你不是结婚了吗?"

这是我一直疑惑的问题,在北京的时候,我就疑惑,金山寺的再次巧遇,我更加疑惑。不过高菡没有告诉我答案,她的生活看似透明,对我来说却始终像谜。

高菡嘴角微微上扬,说了一句:"如果以后有机会的话,我会把我的故事告诉你。"

高菡借故离去,我却不能平静。好奇心的作祟,令我抓心挠肝，我能猜出她并不幸福，我之前送去的祝福，只是口头说说而已，没有庇护她，苍白无力。为了弄清高菡离开青岛的原因，我还是忍不住给小雨打去电话。

小雨说："高菡跟吴子栋那个混蛋玩意儿，压根就没有结婚。"

我问："为什么？发生了什么事？"

小雨说："你都是快要结婚的人了，跟你有什么关系。"

小雨说得很对，我是一个快要结婚的人。但是她不知道，我还是一个连续两次结婚未遂的人。我的悲哀，别人无法体会，就像高菡的悲哀，我也无法代替。高菡说我好福气，一度我也这么认为，可是现状令我越发心酸，很多难言之隐也被勾了起来。

我想到在北京的时候，夏天几乎对我百依百顺，虽然彼此都有很多的缺点，也曾发生过摩擦，但睡一夜就风平浪静。那是一段纯爱的时期，没有任何杂质，不过回到麟城后，夏天的巨变令我感到畏惧。这来源于她对母亲的言听计从。现在我们出去吃饭，去哪儿吃必须夏天说了算，以前都是商量。现在逛街买东西，我说好看，她一定不买，我说随便，她才买，以前则是反过来。最可气的是，我父母多次喊夏天来家里吃饭，夏天总是一脸为难，以不合口味为由拒绝。她已经不是当初跟我吃泡面，都津津有味的她了。

为何会这样？夏天也曾给我答案，说是她母亲教的，只要婚前唱反调，婚后就能当家做主。还说外婆也是同样教育母亲的，所以，母亲一直都是家中霸主。

这个答案着实让我惊掉下巴，也吓出一身冷汗。我看着她，就像看到了她母亲。我的心顿时很疼，我也幻想如果不回来，该有多好，虽然苦，却不疼。不过，我还是认命了。

但命运并没有放过我。

夏天在家里养伤的期间，没办法出门玩耍，便在母亲的安排下，备战教师编制的考试。三个月后，她伤势痊愈了，也考上了。这本该是一件天大的好事，可是夏天一直瞒着我。直到报到的前一天，我才知道她考上教师编了，而且不是麟城的编制，而是郓县的编制。

夏天无辜地说："这是市局统一调配的，当初我也不知道。"

她到底知道不知道，我已经不想知道。我坐立不安，话到嘴边，又开不了口，只能一脸的愤怒。

夏天说："我妈说得对，知道你会生气，就不该告诉你。"

我说："我生气，不是因为你去郓县，而是你为什么要瞒着我。"

夏天说："我也没办法，我妈不让说。"

我说："我是你未婚夫，你妈不是。"

夏天鼻尖通红，泪如雨下地对我咆哮："你以为我想去吗？你以为我不知道分居两地的危害吗？"

我说："那怎么办？"

夏天说："能怎么办？我只能听我妈的安排，除非你有更好的办法。"

我急中生智，想到苏哲，于是想让他带上父母，跟夏天母亲游说游说，或许会有转机。

苏哲听到我的遭遇，气愤地说："杀鸡还用宰牛刀，我也有几分薄面，看我怎么对付那老泼妇。"

我说："总归是我未来岳母，千万不能弄僵。"

苏哲说："放心。"

苏哲为了让我放心，把林晓月一并带上，说是夫妻同心，其利断金，为了事半功倍，还带了很多贵重礼品。

夏天母亲果然吃这一套，和颜悦色的同时，还不忘挖苦我小气。得知苏哲的来意之后，顿时脸色转阴说道："这是关于夏天前途的大事，你们还小，懂个屁。"

气氛一下僵住了，苏哲急忙给林晓月使眼色。

林晓月只好说："阿姨是明白人，就不怕分隔两地，出现感情危机？"

夏天母亲说："感情岂能跟前途相提并论。"

这句话跟苏哲母亲当年说的那句"爱情在现实面前一文不值"，简直异曲同工，看来她们的心境一样，我和林晓月当年的处境也一样。

苏哲说："阿姨，话不能这么说，作为长辈，应该体恤晚辈。"

夏天母亲说："这话当年你怎么不跟你妈说，我是照葫芦画瓢,学你妈的。"

话中带刺,仿佛还掺杂着脏话。

林晓月忍无可忍地对着夏天说了一句:"看来你不仅学你妈的,还听你妈的。"

夏天没有吱声,我却有些不悦,看来事态即将僵化,我给苏哲使眼色,赶紧走人。

苏哲会意点头,最后说了一句:"阿姨,我家这些年一直没少帮过你家,怎么也得给点面子,回头让夏天考咱们麟城的教师或者公务员吧。"

夏天母亲冷笑着说:"你还好意思说帮忙,上回你夏叔叔坐牢,如果不是你爸帮忙,能多赔一万块钱吗?你们一定是看见我家夏天有了编制的好工作,眼红。"

苏哲一怒之下,拉着林晓月拂袖而去。出门还骂了一句:"不要脸的老东西。"

声音虽然不大,却被夏天母亲尽收耳底。然后她撒泼打滚,让我去揍苏哲。我肯定不会照做,一直解释骂的是我,跟她没关系。

夏天母亲则捶胸顿足地说:"找了个女婿,竟然跟着外人合伙欺负我,看来你是越来越配不上我家闺女。"

我做梦没想到,夏天母亲竟然可以胡搅蛮缠、恬不知耻到这个地步,所有脏话全部用在她身上都不过分。我也恨苏哲骂得太轻,如果是我,还会问候她十八辈祖宗,可是我不能,也不敢。

夏天也觉得母亲的举动丢人现眼,只是不轻不淡地说了句:

"妈,你别这样,不好。"

夏天还有良知,我却丧心病狂地说:"没什么不好,这是教你如何做人呢,好好学你妈吧。"

然后我愤然离去。

3

夏天去报到的那天,我不想去送她,又很想去送她,十分纠结。一大早,夏天给我打电话,连打了两次我没有接,然后她给我母亲打电话,一口一个妈,喊得母亲心花怒放,我也就没了脾气。

我说:"我马上开车去接你,不过必须我自己单独去送你。"

夏天说:"我知道。"

在路上,我们没有聊昨天的话题,多数时间都在沉默不语。她时而看我一眼,时而看向前方。我知道她心情不太好,我的心情也很糟糕。

夏天报到的郓县中学,竟然是暖暖之前的学校,真是可笑。看来人生就是一个一个的圈,一环扣一环。无论如何走,都在圈中,只不过从这个圈走到另一个圈,以为置身事外,回首望去,还在圈中徘徊。

校门口已经物是人非,曾经的休闲吧改成了奶茶店,曾经的校门也刷了新漆。崭新的样子,熠熠生辉,抹去了曾经的不堪和回忆。

夏天报完到，安排了教师宿舍。我把提前买好的零食，还有她的物品堆积在宿舍的角落，问她："还有什么需要的吗？我去买。"

夏天没有回应，把门关闭，然后哭着扑了过来，拼命吻我。那一刻，我想到了北京的时光，她总是凶猛而来，令我猝不及防，也令我欣喜若狂。如今，我们已经很久没有如此忘情热吻，连上一次做爱，我都记不清是什么时候。我很悲哀，带着这种哀痛，我们吻了很久，我恍然明白，夏天来郓县的目的，应该是逃离那个不堪的家，逃离那个不堪的妈。她用这种伤害我、也伤害她自己的方式做出反抗，不知是该欣慰，还是该喝彩，还是该悲伤。

夏天入职之后，我们都是电话联系。为了不影响她的工作，我们只能趁着下班时间聊上几句。有时间，我也会去看望她。可是我发觉她跟我，也或者我跟她，越来越没有话题，再也没有了之前的默契。

一次我跟她畅谈说："等我发了财，就在郓县买套房安个家。"夏天却说："到时候再说。"显然不认为我会发财，也质疑我能否出人头地。不过一想，我在金山寺的祈祷也算灵验了一半，因为夏天跟我比，已经出人头地了。

其实，我的事业也逐步有了起色，我的工作是文员，由于我在杂志社练就了写稿的能力，工作对我来说轻而易举。总经理的很多讲话稿，都由我来主笔，也深得总经理的认可。为此总经理还特意夸奖苏哲有眼光，为公司招纳了人才。

苏哲也趁机一顿猛夸，说我不止会写东西，还有很多能力没有被挖掘。他建议总经理不拘一格降人才，趁着中层调整的机会，给我谋个职位。正好办公室主任生病休假，总经理便让我暂时顶替。他发现我应对烦琐的工作不仅有条不紊，还跟其他部门协作默契，便当即拍板，任命我为总经理助理兼办公室副主任。

跻身中层之列，算是可喜可贺，当我想把这个消息告诉夏天的时候，她的电话一直无人接听，也一直没有回复。我很担心，便驱车赶往郓县。夏天不仅没有任何惊喜感，只跟我匆忙说上两句话，便声称有课，匆匆离去。看来，她越来越像她母亲，对中层根本看不进眼里。

也就从那天开始，她再没有主动给我打过一次电话。我打电话，她很少接听。我们越来越疏远，跟当年暖暖转学之后的情景如出一辙。阻隔我们的只有郓县到麟城的六十公里，但我们的心已被拉扯到十万八千里之外。

不知从何时起，夏天彻底不再接我的电话。我偷偷找过两次，她都在躲避。我很害怕，我怕失去她。很多个夜晚，我都睡不安稳，经常在梦中惊醒。

为了不被父母察觉我的异样，白天，我把精力全部投入到工作当中，晚上，我把时间全部耗在酒桌上。跟同事喝，跟领导喝，跟客户喝，所有能够参加的酒局，我全部参加。我很享受那种喝醉之后倒头就睡的感觉。可是喝得最多的，还是跟苏哲和程飞。

小时候一起玩耍，长大成人，兜兜转转还是三个人。想想真是奇怪，看来还是兄弟间的感情比较持久。

苏哲看出了我难以诉说的窘境，程飞也洞悉到了我的担忧。他们从来不予点破，为我保留一丝颜面，可是我还是在一次醉酒之后，一吐为快。

我说："我和夏天已经半年没有联系。"

他们两个默不作声，足见事态相当严峻。

我说："我有一种不祥的预感，我和夏天即将走到终点。"

苏哲安慰说："肖遥，你喝醉了，胡思乱想而已。"

程飞说："肖遥，你该结婚了，结婚就是终点，也是新的起点。"

是啊，确实是终点，也是起点。如果第一次婚期没有错过，估计现在孩子都生了。可是错过就是错过，没有回头路。我也不知道终点能否到达，起点又在何方。我很迷惘。

最后苏哲建议："如果你想结婚，那就尽快商量结婚事宜，如果不想结婚，就尽快考虑下一步的问题。"

其实，我也不知道究竟想还是不想，我被折磨得支离破碎，身心疲惫，我只想得过且过。可是拖着终究解决不了问题，我想应该跟夏天好好当面谈谈了。

4

我请了两天假，去了郓县。我在宿舍楼下蹲守了一整天也不见夏天踪影，打听才知道，曹州市有教职工演出，她代表学校去参加演出了。于是我又开车赶往曹州，按照获悉的信息，来到夏天入住的酒店，并跟前台服务员编造了一个理由，查到了夏天的房间号。

当时已经是夜里十一点，我站在门外，准备敲门的时候，我又犹豫了。

在赶来的路上，我不停给夏天发信息，她没有回复。在酒店楼下，我发了最后一条信息：下个月初六结婚。她还是没有回复。我有一种被抛弃的感觉。我想到苏哲曾在十几年前说过，被抛弃有两种原因，一是人为抛弃，二是非人为抛弃。非人为抛弃已不成立，那就只剩另一个答案。

马上揭晓答案的时刻，我万分纠结，慌乱无比。我不敢面对，怕房间出现另外一个男人，我怕我会失控。于是我先伏在门前，窃听一番。确定只有夏天独自一人的时候，我又陷入欣喜和自责。

我在幻想夏天看到我的突然出现，会是什么表情，是惊喜，是平静，还是慌乱？我都没有猜到，当房门打开的瞬间，夏天一脸的恐惧。

房间很乱，桌子上、地面上到处都是瓜子壳、水果皮，还有打开的薯片和半瓶可乐。敞开的行李箱里面横七竖八地摆放着各种衣服，最上面堆放着几瓶化妆品，盖子都没有拧紧。贴身穿的衣服，没有挂在衣架上，而是随意丢放，鞋子也是东一只西一只。看来邋里邋遢这一点她始终没变。

我坐在房间的椅子上，夏天坐在床上，怀里紧紧抱着枕头。彼此保持着两米多的距离，这短短的两米之间，如同天地之隔。

那晚，我说了很多很多的心里话，我把之前的美好时光讲述一遍，也把这几个月的苦闷倾诉一遍。我说得声情并茂，夏天却毫不动容，面如死灰，一句话都没有说。这是她一贯的特质，只要不想说，没人能让她主动开口。

时间一秒一秒地流逝，气氛始终压抑如初。她一直躲避我咄咄逼人的眼神。我已经无能为力，便说了一句："我知道你累了，你睡吧。"然后走进卫生间，洗了把脸，看着镜子里的自己，如此狰狞和愤怒，却无处发泄。

出来之后，夏天穿着衣服盖着被子，蜷缩在床上背对着我。为了让她好好休息，我把床头灯熄灭。夏天则起身赶紧打开，我又关上，她又打开。

我知道，她这是在驱赶，我也不能不知趣。于是对她说："我最后一次问你，到底结不结婚？我听你的。"

夏天把自己藏在被子里，试图用这种躲避的方式结束一切。

我终于忍无可忍，情绪彻底失控。一把掀开被子，咆哮问道："你必须告诉我答案！"

夏天无视我的存在，再次将被子蒙在头上。我失重般跌坐在床边，唉声叹气。我试着慢慢靠近夏天，我想亲吻她的脸庞，亲吻她的嘴唇，或许柔情能够将她感化。可是她却拼命挣扎。床头灯的光线柔和暗淡，却清晰地照射出她一脸的惊慌，还有眼神里一望无际的陌生感。顿时我明白，她已经彻彻底底不爱我了。

我长舒一口气，说了一句话："你是女方，你主动提分手，这样会体面一些。"然后夺门而去。

这是我留给夏天的最后一句话，这也是最后一次见面。她没有给我留下只字片语，也没有眼泪和抽噎，只是悄无声息。

看来女人心如死灰的时候，比野兽还无情。

分手之后，我不再纠结夏天身上究竟发生了什么，导致变心，是家庭原因，还是有了新的伴侣。不过这些已经跟我没有关系，我懒得去考虑，我是真的太累了。尽快放手，不失为最好的解脱。

可是我又不敢面对父母，我怕他们伤心。但是那么大的事情，终究无法遮掩，没想到父母得知之后，不仅没有惋惜，反而很坦荡。

父亲说："从她爸喝酒闹事之后，我就后悔同意了这门亲事，只是不想让你为难，所以一直没有告诉你。"

母亲说："有一件事，一直瞒着你。上次让大师挑选日子，大师说你们根本没有夫妻之缘，无论如何都走不到一起，所以我和你爸并不看好这段姻缘。分了也好，踏实。"

我不知道父母是安慰，还是吐露心声，总之我和夏天确实没有夫妻缘分。就像暖暖和叶子，对我来说终究有缘无分。

而我的缘分究竟在哪里？我很迷茫。

我想到高菡说我好福气，不禁冷笑。我很想找高菡，好好聊聊福气的问题，也想听她说说自己的故事。当我拨通她的电话，却传来："您拨打的号码，已暂停服务。"

我以为是欠费了，给她充了几次话费，始终关机。而她的微信也从来不予回复。

看来我已经被全世界抛弃，令我感到悲哀和无助。

第十章　这辈子最长眼的事，没有之一

1

人生就像一场游戏，失去一样东西，就会有其他东西弥补。

半年之后，办公室主任因病提前申请退休。我接替了主任一职。看似顺理成章，苏哲却说，没有那么容易，很多同事都在觊觎这一职位，幸好总经理在集团董事会上力排众议。

后来我听说，其实是苏哲在暗中帮忙，还专门让他父亲跟董事长打了招呼。

几天后，总经理把我叫到办公室，说朋友送了一幅装裱好的字画，他没有地方可挂，便要送给我。我不敢收。

总经理说："这样吧，苏总的办公室一直空荡荡，你给他送去吧。"

当我抱着字画出门之际，总经理又嘱咐一遍："就说你送的，要不然他肯定跟你一样，不好意思收下。"

我说："明白。"

其实，我觉得总经理还是不了解苏哲，他岂是那种脸皮薄的人。送去之后，我便开门见山地说："总经理对你真够意思，怕你不收，还不让我告诉你。"

苏哲的眼神突然变得恍惚，眉头也随之紧皱，接着舒展开来，笑着说："公司上下谁不知道，我可是青年才俊。"

他的异样，我没有放在心上，不过他的玩笑话，倒是真话。

苏哲现在是集团监事会最年轻的成员，还是地产项目的总经理，前途不可限量。而且林晓月又生了一个闺女，凑成了一个"好"字。这才是所谓真正的好福气。

在摆满月酒的时候，程飞一直劝说我该去相亲，不能总是这样耗下去。程飞已经有了一个女儿，也在努力拼二胎。看来大家都有目标，只有我漫无目的。这也成了父母的一块心病，他们总拿苏哲和程飞的婚姻跟我对比。我无言以对，又不配合父母张罗的相亲。

父母焦躁又无奈，不止一次问我："究竟想怎样？"

我也不知道。

父母唉声叹气，也苦口婆心地说："你都已经二十八，快三十岁的人了。"

我说："我才二十八而已。"

这么说，并不是我的本意，我的本意是什么？是等待？是逃避？还是在寻找心中所想？我连自己都搞不清。

自从我恢复单身之后，公司上下很多热心同事纷纷给我介绍对象，都被我婉言回拒。这天总经理把我叫到办公室，说要给我介绍他的表侄女，让我下班之后回家换身衣服好好准备准备。我很想拒绝，又不能驳了总经理的面子，只能硬着头皮见一面。

我没有听从总经理好好准备的建议，而是开着车在街上四处闲逛，打算消磨到约定的时间，直接赶过去。我看着一座座高楼大厦拔地而起，一条条商业街四处开花。当年的网吧、肥牛火锅店、大排档，都已经跟着城市的变化，而迭代和消失。

路过一片即将被拆除的棚户区时，我停了下来。父母说他们当年进城之初，一无所有，第一个租住的小屋就在这里，我也是在这里出生，长到四岁才搬离。我虽然印象不深，还是忍不住多看两眼，因为再想看就没了机会。也正是滞留的片刻，我看到高菡骑着电动车从胡同出来，我瞬间变得兴奋异常，那一刻，我才知道，原来她一直是我心中所想。

高菡对于我的出现，没有一丝惊讶，仿佛都在预料之中。我想请她吃饭。高菡却说："今天不行，有件非常棘手的事情要应付。"

我说："需不需要帮忙？"

高菡说："你都结婚了，怎么帮？"

我说："谁说我结了？跟你一样，早就分了。"

高菡笑了，不知道是难以置信，还是替我感到可惜，还是在缅怀她的过去。

在简单的交流后，我得知高菡的境遇跟我如出一辙，都在被父母以年龄越来越大为由，逼着相亲。高菡曾遇到了一个神经质的相亲对象，不仅逼着高菡同意，还整天电话轰炸，短信微信齐发。任凭高菡如何臭骂，神经质不以为然，还变本加厉。这才是高菡更换电话和微信的原因。

我说："我以为你是在故意躲着我。"

高菡笑着说："臭美吧你。"

四处阳光明媚，充满生机，万物复苏，春暖花开。

那一刻，我决定不去相亲，我想跟着高菡，她去哪里，我跟哪里。可是总经理给我打来电话，通知我时间快到了。同时，高菡也接了一个电话。然后跟我说了一句："有事给我打电话，24小时开机。"便匆匆离去。

看着她的背影，渐行渐远，直到消失不见。我突然莫名地伤感起来，我想了很多，想高菡究竟有什么棘手的事情，想我如何应对第一次的相亲。当我来到指定的见面地点，却看到了高菡。她站在公园里的树下，阵阵微风吹拂她的长发，周围一片空旷，四周很是静谧。

我们相觑而笑，不可思议。

原来相亲竟然如此神奇，我情不自禁地飞奔过去，把她抱在怀里。

2

有一种默契叫心领神会，有一种拥抱叫姗姗来迟。当我抱住高菡的瞬间，她没有一丝抗拒。她看着我，眼神和表情都很平静。而我呢，满腔都是不休不止的澎湃。

我没有对高菡说任何一句带有青涩气息的甜言蜜语，或许是经历了太多，体会得太深，以至于这些甜言蜜语对我失去了吸引力。我固执地认为，所谓的"喜欢"只是为了获取。所有的"爱你"，也只是到期作废的把戏。

我错过了很多时光，时光却没有错过我，就像一把利刃，对着我削肉剔骨，直到露出滚烫的真心。那一刻，我知道我和高菡的心早已融化、流淌、汇集、凝聚在一起。

我和高菡抱了很久，旁若无人。忘情的程度，如同十年前在KTV里的浅浅一抱，也如同把耽搁那么久的拥抱，一次性试图补齐。

天黑之后，我和高菡牵着手去吃火锅，这一次我终于如愿结了账，真是一个全新且美好的开始。所以，高菡没有讲述她的故事，我也没有提起我的往事。

我不停给高菡夹菜，她也很不客气，来者不拒，彼此满心欢喜。

高菡抬头问我："还记得那次在金山寺抽的签文吗？"

我说："记得，赶紧告诉我。"

高菡说："跟你抽的签文一样。"

我这才明白，高菡为什么当初不告诉我。因为那个卜卦的老人说的"有缘人"就是我们，而高菡当时参悟了出来，我却兜兜转转绕了那么大一个圈。

吃完饭之后，我决定带高菡去一个地方。

高菡没有问去哪里，看来她也准备好了，我去哪里，她就跟去哪里。就这样，我把她直接领进了家里。

她没有一丝紧张和慌乱，大大方方地跟我父母见了面。我的父母没有任何心理准备，盼望已久的喜悦从天而降，令他们惊喜万分。

我跟父母说："爸妈，我要和高菡结婚。"

这是我在高菡面前最为勇敢的一回。

父母在同意这门婚事之前，必须打听一下高菡的家庭情况。得知高菡父亲曾经风光无限，江河日下之后还欠了银行很多贷款，不过通过这几年的疯狂炒房，把贷款又悉数还上。口碑极佳尽人皆知，纷纷赞叹。

父母很是佩服，不过只是精神上的佩服，心里却认为这属于投机倒把，不长久，藏有隐患。再加上高菡也跟着炒房，没有正式工作，又是更大的隐患。可是这门亲事是总经理介绍的，他又是高菡的表叔，如果不同意，父母又担心我的前途，所以父母一直举棋不定。

我突然很理解这种纠结和焦虑。就像苏哲母亲以前也想门当户对，可是结果却是超出预想的美满幸福。就像夏天母亲，总认为我占了便宜，最后也不知道究竟谁吃了亏。不过我始终坚信，我捡到了宝，无价之宝。

苏哲、林晓月和程飞认为我何止捡到了宝，一致认为我上辈子拯救了银河系。我很自豪，许久没有过的自豪。

每一次聚会，我们几人喝得都很欢快。每一次程飞都会泪洒全场地对着高菡一口一个"恩公"，每一次都会说同一句对白："如果肖遥胆敢欺负恩公，我就欺负他，保证替恩公出气。"

高菡则说："放心，肖遥是我小弟，他不敢造次。"

其实这几年，高菡和程飞比较熟悉。主要是高菡跟着父亲炒房，有时房源紧俏，程飞作为资深销售，总有门道弄到房源，我知道他在用尽全力地报答。这是他的"江湖规矩"。

而程飞从未跟我提及此事，我想应该是当时我有了夏天，即便说了，也毫无意义。看来，在特定的时间，重逢特定的人，一切都是最好的安排吧。我感谢老天。

我除了上班和睡觉之外，其他时间全部跟高菡黏在一起。

吃饭、逛街、看电影，这三件事对于谈恋爱来说，属于标配，没有惊喜。为了增添惊喜，我每天晚上在家门口分别之际，总会问高菡明天早饭想吃什么。第二天上班之前，总会先把早餐送去。

高菡父母对我一直很满意，眼神里满满的喜欢和疼爱。有几回，在高菡家门口相遇。高菡父亲还专门送上一些礼品，让我给父母带回去。有几回，高菡母亲做了红烧肉或者炒鸡，也会安排高菡送到我家里。

人的尊重是相互的。我的父母在夏家没有感受到的尊重，全部从高家找补了回来，所以，父母对高家越来越满意。母亲多次叮嘱，千万别辜负了高菡。父亲则提醒我在高家绝不能失礼，还把私藏多年的几瓶好酒,让我分批带去。

前方一片光明,幸福就在身边。令我欢欣雀跃和晕眩的同时,我又心疼高菡。以前我曾给叶子送鲜花和刻着爱心的苹果、梨子,还曾乐此不疲地照顾夏天的饮食起居。现在对待高菡,却没有了之前的浪漫。

高菡安慰我:"生活虽然需要仪式感,但是一日三餐,才是最好的陪伴。"

她越是通情达理,我越是心存愧疚。于是我在准备求婚的时候,买上很多烟花,当天空一片绚丽之际,学着电视剧里的桥段,单膝跪地。可是全城禁放烟花爆竹,我找遍了所有门店,都没有卖的。

当我苦思冥想其他办法的时候,高菡把我带到当年高考时,我不幸坠入下水道的那个地方。下水道已经被石板覆盖,早看不见了,高菡却说:"这是我们第一次相遇的地方,有特殊意义。"

我说:"救命之恩,我将用余生以身相许。"

高菡说:"那你愿不愿意娶我为妻?"

我说:"我愿意。"

然后高菡站在石板上,掏出两枚戒指,一枚戴在我手上,一枚让我给她戴上。

3

我成功地被高菡求了婚,我是既感动,又痛恨自己的无能。

我必须做一件伟大的事,感动回去。可是做什么呢?我毫无头绪,想做的,能做的,都被高菡抢先了。于是在确定婚期之前,我让高菡随便提要求,无论什么,我都答应。哪怕让我去死,都可以。

高菡笑着说:"真的吗?"

我说:"真的。"

高菡说:"不许反悔。"

我说:"绝不反悔。"

高菡神秘地说:"那我得好好考虑考虑。"

两天后,高菡给我出了一道选择题:A.结婚前让我跟暖暖见一面。B.像当年寻找暖暖一样寻找一回高菡。

我说:"我选C。"

高菡说:"没有C。"

我说:"太难了,不会做,我放弃。"

高菡很失望。

我能想到这道选择题的用意。A是了却我心中的遗憾,如果还对暖暖心存旧念,那就不如成全。她早就知道此时的暖暖,今非昔比,已经成为公众人物,想找没有那么难。B是想感受我曾经对待暖暖的那般疯狂,以此验证我对她的爱不逊于暖暖,甚至更浓烈。

我知道，这是高菡由衷而发，不是随性而来。我也知道她的脾气，如果我坚决不选，又怕她认为我念念不忘。我真的很难，又突然很理解她的做法，最终选择了B。

高菡设置了游戏规则：一是绝不能借助网络和监控，绝对不能找亲戚朋友打听，一切全凭缘分；二是她不会离开麟城；三是没有时间限制，直到找到为止。还强调如果作弊，那就三年后再见。

我苦笑着说："如果找了一辈子都没找到呢？"

高菡说："那说明你没有用心。"

十年前高菡在十字路口的那个夜晚，对我说过一句透彻的话：世界再大，大不过人心，想找总能找得到。看来这句话，她早就为自己准备好了。

就这样，高菡又一次消失不见了。

其间我曾想过作弊，直接到高家门口蹲守，可是这个游戏开始的当天，棚户区就拆迁了。我曾想过收买小雨，又担心小雨立场太坚定，不仅不会透漏信息，还极有可能把我出卖。

我只好硬着头皮，每天下班之后，在大街小巷上踏寻踪迹。

很多次，苏哲和程飞喊我喝酒，我都不去。他们说我重色轻义。我说我在玩小孩把戏。他们不知所云，然后说："如果你没空，那就喊高菡。"

我说："好好好，那太好了。"

可是高菡的电话和微信联系不上，他们又说："你们是不是出了什么问题?"

我说:"都说了,在玩小孩把戏。"

他们很好奇,问:"好玩吗?一块玩。"

我说:"不好玩。"

我已经找了一个月了,毫无头绪,真的不好玩。

4

自从总经理安排完相亲,很是关心我和高菡的进展。他多次找我促膝长谈感情问题,我总是装作满心欢喜,并多次表露对他的谢意。

总经理会意一笑说:"那就好,那就好。"

有高菡这层亲属关系,我在总经理面前不再拘谨,也以为他把我当成了半个亲戚。后来我才知道,我只是他用来摧毁苏哲的一枚棋子而已。

这件事要从即将换届的董事会说起,董事会三年一次换届的时候,总会进行人事调整,不过都是微调。据说这次不同,要大调整。大家都在拭目以待,也在各显神通。这几年苏哲颇具慧眼,趁着楼市余温尚在,低价拿下了几项棚户区的改造项目,可谓是战功赫赫,早成了董事长眼中的红人和左膀右臂。再加上他有监事会成员的头衔和父亲的权威,公司内部私下一直议论,苏哲要么进入董事会,要么出任常务副总。

这本是好事,苏哲却高兴不起来,还特意跑到我的办公室嘱咐:"但凡有人议论,一定把传闻截死,绝不能扩散。"

我问:"这不是好事吗?"

苏哲说:"人言可畏,有人想把我变成众矢之的。"

我说:"谁?公司上下没人敢整你。"

苏哲小声地说:"咱们在公司都是配角,董事会很多成员都是摆设,主角只有两个,我也只是棋子而已。"

我没想到苏哲能够看得如此通透和清晰,而他口中的主角就是董事长和总经理,公司上下皆知他们两个面和心不和,暗地里一直争斗不休。自从苏哲跟董事长走得很近,总经理虽然没有表露,心里却颇有意见。如果这次苏哲只是进了董事会,可能不会有太多风浪。但是一旦成为常务副总,总经理将腹背受敌,集团也将掀起腥风血雨。

不过我还是不敢相信,总经理平日里慈眉善目,一副不争不抢的姿态,着实跟风声的源头联想不到一起。

苏哲说:"争抢的最高境界,就是表面上不争不抢,让别人看不出来他是高人。"

我说:"你也是高人,接下来准备怎么做?"

苏哲说:"你跟我来。"

苏哲把我领到办公室,并在门口提醒,千万别说话。

他弄得煞有介事,令我也紧张起来。苏哲摘下墙上那幅我之前送去的字画,并从裱框的木板夹层中取出一个窃听器。我瞬间蒙了,也惊出一身冷汗。

苏哲把窃听器放回原位，又把字画重新挂到墙上。接着给我使了一个眼色，我跟着他不约而同走进卧室，并把房门锁紧。

当时我把字画送来的时候，无意的一句话，令苏哲起了疑心。他用仪器一扫，果然发现端倪。然后将计就计，在办公室里只谈工作，不谈其他。时不时还当着手下人的面，故意大声赞美总经理几句。

苏哲的做法让我很是佩服，他的老辣和城府真是跟下班之后一块喝酒、一块胡闹的苏哲，大相径庭，判若两人。

苏哲说："一切都是利益。如果不出所料，总经理这几天就会承诺高官厚禄来拉拢你，稳住你，然后过几天故意透露一些不利于我的虚假消息。他知道你一定会告诉我，这样就能干扰了我的判断，也影响了我的计划。"

我说："什么计划？难不成你要将总经理的职位取而代之？"

苏哲说："即便是兄弟，我也暂时不能告诉你，不过董事长已经跟我密谈了很多次，我只是想提醒你小心谨慎。"

这么一说，我彻底明了。不过我觉得事情没那么简单，于是跟他说："鹬蚌相争，螳螂捕蝉，这两则寓言的含义，你想过吗？"

苏哲没有说话，望着窗外川流不息的车辆，一脸的凝重和思索。

而我则是一脸的无奈和悲哀。

这是成功人士的烦恼，我没有。我只有两难。

一边是我从小玩到大，比亲兄弟还要亲的兄弟。一边是高菡的表叔，未来也是我表叔，实打实的亲戚。

无论他俩哪方胜出，我夹在中间都很难堪。而且总经理已经借我的手暗算过苏哲一回，如果不是运气好，苏哲的下场，我不敢想象。到时候，我一辈子都不会原谅自己。估计苏哲一辈子也会对我恨之入骨。想想我就后背发凉，不寒而栗。

苏哲说得没错，总经理果然说了对我的未来规划，三年内让我做分公司总经理。如果成真，我就真的出人头地，也有了出息。满足了父母对我的期盼，也回击了夏天母亲对我的鄙夷，同时又能给高菡一个富足的未来，确实诱人。但是我最终做出了一个决定——辞职。

公司上下都很诧异，总经理也苦口婆心劝阻，董事长也亲自打电话问我原因。还有很多看热闹的同事认为我犯了错误，要不然怎么舍得主动离开。

对于所有杂音，我懒得回应，对于所有挽留，我也是铁了心。在那个夕阳西下的傍晚，我交接完工作，收拾好物品，一个人迎着落日，默默朝着公司门外走去。

记得工作之初，我曾对苏哲承诺，一定用心工作，绝不让他难做，记得我上任副主任的当天，还曾下定决心，余生唯公司马首是瞻。记得我成为主任之后，一度坚信这里将是我毕生的事业。想想着实可笑，哪有什么一成不变，都只是过客而已。

我走出公司，保安跟我打招呼："肖主任今天下班这么早?"

我回头冲他微笑,也忍不住朝办公楼望去,只见苏哲站在窗前,一直对我凝视目送。

5

苏哲很后悔,认为是他把我逼走的。他多次醉酒之后给我打电话,我也多次听到他在电话那头痛哭流涕。

我为了安抚他,说出了我和高菡的游戏,谎称我为了全身心地寻找高菡,所以才会离职。

苏哲半信半疑,担心我以后如何生活。

其实我已经想好了,重操旧业。不过这次,我不想跟北京一样,为了生存而生存。我要开公司,我要把麻辣烫的摊位开遍麟城所有商业区、学校附近、社区门口,并统一取名"逍遥麻辣烫"。

苏哲很认可,然后给我送了五万块钱做启动资金。我没有收,苏哲很难过。为了不让他难过,我说:"你有没有闲置不用的房子?我需要一个加工坊。"

苏哲把老宅的钥匙给了我,又问:"还有什么需要的吗?"

我说:"你已经没有利用价值了,程飞倒是可以。"

苏哲笑了。

虽然程飞不再混江湖,可是监狱里结识了很多朋友,他们出狱之后不是打零工,就是回老家种田。程飞经常接济这些难兄难弟，还多次感慨："没文化，没学历，又坐过牢，真的太不容易。"

其实，他也是在说自己，只不过他命好而已。

程飞精挑细选了十二名帮手，说是保证个个吃苦耐劳，任劳任怨。而且给我担保，如果有人不服从安排，直接交给他处理。

我负责食材的采购和汤底的制作，以及日常的监督管理。其他人员负责出摊儿，没有底薪，收入全部来源于当月营收的百分之三十。起初，我有些担心，生怕他们背着我偷梁换柱，中饱私囊。可是接触几天之后，真如程飞所言，他们都很本分，也很卖力，看来在监狱里改造的效果显著。

"逍遥麻辣烫"一夜之间，全城覆盖，苏哲还找来了一些当地的美食博主和网红达人进行宣传。麻辣烫名气越来越大，生意越来越好，令我始料不及。

不过，我还是认为，我终究只能干一些别人认为没有出息的小本生意。

我一直瞒着父母做这些事情，包括离职。我怕他们接受不了。

这些年，我的心态发生了很多变化，不再揪心他们的争吵，即便争吵，我只要安抚几句，他们也便停止。看来，不光是我长大了，同时他们也老了。

为了不让父母看出端倪，我以给婚房攒攒人气为由，主动搬了过去。父母却感慨："高菡最近为什么不来家里？你们到底准备什么时候结婚？"

我也唏嘘不已，高菡究竟藏在了哪里？

我已经找了三个月，杳无音信。曾经跟她去过的网吧，已经搬迁，我每天都会去新地址找一圈，里面全是青涩的学生，就跟当年我们一样，也让我更加怀念当年。我也每天都会去一趟金山寺，也期待在金山圣母面前与她再次相遇。可是每次磕头之后，还是只有我自己。曾经吃过很多遍的火锅店，早已经倒闭，我便挨个火锅店寻找，也没有见过她的身影。

我的热情逐渐被消磨，开始痛恶这场游戏。我也幻想，有朝一日让我逮到高菡，肯定臭骂几句。

可总归是幻想，我还是得继续找下去。

第一百零六天的晚上，我在购物街视察麻辣烫的生意。一对情侣刚好点了一堆麻辣烫，热火朝天地吃着。

男生说："味道真好，果然是网红产品。"

女生说："你有没有感觉味道有些相似？简直一模一样。"

男生恍然说道："对，想起来了，跟中午吃的一个味道。"

我顿时警惕起来，因为我的麻辣烫只有晚上出摊儿，白天休息。莫非出现了对手，于是问道："请问哪家麻辣烫？"

男生说："不是麻辣烫，是火锅，今天刚试营业的一家，对了，好像叫'逍遥火锅店'，跟你们的名字一个样。"

我豁然开朗，我知道一定是高菡，只有她才有这个口感的秘制汤底。我激动不已，问完地址，连忙开车赶去，可是火锅店已经打烊。

我抬头看着"逍遥火锅店"的招牌,如此亲切和感动。很多次,我从这里路过,都在装修,也就没有注意,没想到竟然开在了婚房的附近。人真是可恶,往往喜欢关注远处的东西,眼皮子底下却从不在意。

即将跟高菡见面,我想了很多场景。一是华丽登场,给高菡一个措手不及。一是假装偶遇,给彼此一个欢天喜地。一是浪漫一回。这个比较中意,我想高菡应该也会满意。但是如何浪漫,我想到了苏哲曾经干过的一件事,然后集多家之长融会贯通在一起。

第二天一早,我买下了全城的玫瑰,让跑腿小哥每隔十分钟,送上一大束。没有任何留言,也不留丝毫线索。到了十二点半,一束一束的玫瑰摆满了大堂和吧台,形成了一片花海,我才闻着花香走了进去。

服务员问:"先生几位?"

我说:"两位。"

服务员把我领进座位,正要介绍火锅。

我说:"你们老板是哪位?"

服务员说:"老板在后厨。"

我问:"老板是男是女?"

服务员说:"一男一女。"

我陷入慌乱,难道搞错了?为了弄清真相,我往后厨走去,却在吧台附近撞见了高菡父亲。

他笑着说:"你终于来了。"

看来,这场游戏高家都有参与,我心里一阵窃喜。

我说:"叔叔,高菡呢?"

他说:"三个月前她就走了,去哪里你不知道吗?"

他笑了笑,没有给我答案。然后我就闻到一股熟悉的发香,从身后飘来。

我和高菡深情对视,相觑而笑,此时苏哲和程飞急忙从餐桌起立,拿出事先准备好的喇叭,滚动播放:"高菡我爱你,高菡我爱你……"

我那十二个助手也离开餐桌,手持喷花蜂拥而上。随着一声声"砰砰砰"的响声,晶莹闪亮的彩花从天而降,片片洒落人间。我和高菡紧紧相拥在一起,抬头望去,五彩缤纷。

一个月后,我和高菡结婚了。婚礼简简单单,朴实无华,象征着未来我们的生活。

高菡认为简单才是最不简单,平淡才是一生的奢华。她的境界令我折服,她的存在就是天使降临。

"逍遥火锅店"是高菡的嫁妆。高菡告诉我,做游戏的目的,就是为了腾出时间装修门店,也为了给我一个惊喜。高菡还告诉我,很多次,她在不远处看着我,我却从来没有发现她。

我说了一句:"我用尽余生,也要找到你。"

两年后,火锅店在麟城又开了两家分店,在周边县城也开了三家,完成了我的设想,或者叫梦想。

我想，这算不算是有出息了?!

到这里，我的故事结束了。

有时候错过未必是真的错过，有时候拥有未必一生拥有。我学会了放弃和割舍，也懂得了如何珍惜和如何去爱。我希望我的朋友们，也能有一个坦荡的人生，遇到一场又一场的爱情。即便失去，又能如何。爱与不爱，只是一场擦肩而过。只要缘分到了，即便天涯海角，也会有人一生相伴。

最后一句：祝你幸福!